嘻哈版故事会

徐顾洲/编

做人故事

ZUOREN GUSHI

不可不知的为人处事经典

兵器工业出版社

图书在版编目(CIP)数据

做人故事:不可不知的为人处事经典 / 徐顾洲编. —北京:兵器工业出版社,2013.1(2018.3 重印)
(嘻哈版故事会)
ISBN 978-7-80248-885-4

Ⅰ.①做… Ⅱ.①徐… Ⅲ.①儿童故事—作品集—世界 Ⅳ.①I18

中国版本图书馆 CIP 数据核字(2013)第 006742 号

做人故事:不可不知的为人处事经典

出版发行:兵器工业出版社
封面设计:北京盛世博悦
责任编辑:宋丽华
总 策 划:北京辉煌鸿图文化发展有限公司
社　　址:100089　北京市海淀区车道沟 10 号
经　　销:各地新华书店
印　　刷:北京一鑫印务有限责任公司
(北京市顺义区北务镇政府西 200 米)
开　　本:710mm×1000mm　1/16
印　　张:13
字　　数:124 千字
印　　次:2018 年 3 月第 1 版第 2 次印刷
定　　价:29.80 元

内容简介

在人生的跑道上，学会做人是起跑点，不仅影响一个人的现在，更决定一个人的未来。在很多时候，一个人的为人甚至比他的能力和学问更受人关注。因此本书致力于帮助小读者理解做人之本，学习做人之道，积累做人之智，在漫长的人生之路上走得更加顺利。

本书从立德、自律、交友，以及敢于接受自己的不完美等几个方面，精心挑选百余个涉及古今中外的经典小故事，使同学们在进行课外阅读的同时，能够完善自身素质，了解立身于世的真谛，学会接纳自己、接受别人。另外在每则有趣的小故事下还设有一条点睛的“心灵悟语”，小读者可以将自己对故事的理解与“心灵悟语”相互对照，获得更多的启发。会做人，能让我们在漫长的人生之路上不断地收获鲜花和掌声，不断结交新的朋友，更有信心地迎接未来的挑战。相信读完这些精彩的故事，青少年读者一定会有所收获。

序 言

立德，是做人的根本。

很多年轻人不理解“小胜靠谋，大胜靠德”的意思。

可以简单地这样解释，一场两人的比武靠的是技巧和武学。一场擂台三回合，上台便知对与错。这就是单打独斗的要求。

而在千军万马交战的时候，统治军队不能只靠严格的军规，还要靠主帅的德行，正所谓“得道多助，失道寡助。”想当年，刘玄德正是靠着一张匡复汉室的大旗表达对汉室的忠心，用人肉盾牌保护子民们撤退。所以，在战争年代，刘玄德得到诸葛的帮助，五虎的扶持。

自律，是现今极度缺乏的品德。“自律决定人生”比“知识改变命运”更为重要。

自律可谓成长的根本。一个能够控制自己内心欲望的人，很难做出危害社会群体的事。

接纳，可以用不排斥来解释。

在寒冷的冬天，我们不排斥一只流浪的小狗；在炎热的夏天，我们不排斥路人占用自己的屋檐。

这些“不排斥”，只是人性的品德底线而已。接纳和排斥在词义上是相对的词语，不排斥并不表示去主动接受、乐意接受。

正如我们经常听说的“我不发表意见”，并不表示“我有意见”；“不排斥”并不表示“我接纳！”

友情，持久的璀璨。

社会上流行一种“朋友是自己的镜子”的说法，大致意思是：看到了自己的朋友，就看到了自己。如果用“拆分程度法”分析更有意思。朋友有三六九等，正如高跟鞋有廉价、适度、贵、昂贵之说。

有人说“人人平等”，朋友也要分配到你相同的爱。有人甚至用“我爱人人，人人爱我”来作为前一句成立的可能，但“十根手指，有长有短”，难道朋友就不能分别是大拇指、中指、小指吗？

朋友是夜空群星，光亮有强有弱，距离自然有远有近。我们只能对远处的朋友多一些牵挂，对近处的朋友多一点关怀，让这些“星星”能够在自己生命里持久璀璨。

玉石，国之重器。少年强则中国强。“国”字结构，“口”为家，少年为“玉”，“玉”内一点便是赤子之心。

这些启迪人生的小故事，是“玉石”、“打磨机”，是青少年成长过程中的必修课。

编著

目录

第一章　立德是做人的根本

第二章　敢于向生命的高处攀登

第三章　你的生命要靠自己去雕琢

第四章　让真情在友谊中四处流溢

第一章 立德是做人的根本

人在做，天在看

章明是一名考古学家，有一次到印度去参加一个学术交流，顺便到泰姬陵附近游览参观。在一家旅游纪念品专卖店里，他一眼相中了几件十分可爱又富有纪念意义的商品，于是就挑了几件询问多少钱一件？店主是一位慈眉善目的老人，微笑着告诉他每件 100 卢比，不还价。章明觉得这个价钱有点贵，就要价 80 卢比一件，不然就不要。就这样讨价还价了半天，店主始终微笑着告诉他："我只是替别人经营，不能还价，我每卖出 100 卢比，从老板那儿分得 10 卢比的利润，如果 80 卢比卖给你的话，老板赚不到钱，我也拿不到钱啊。"

心灵感悟

我们常说，人在做，天在看，这不仅指的是做人的要义，而且指出了做人的一种境界。做了违背良心的事情能瞒得住别人，但自己的良心是永远都不可欺瞒的。《曾文正集训》中说，"人无一内愧之事，则天君泰然，此心常快足宽平，是做人第一自强之道，第一寻乐之方，守身之先务也。"我们只有认认真真做事，清清白白做人，做人能做到问心无愧，这样才会吃得下，睡得好，过得心满意足，开心踏实。

章明一听，便想出了一个主意，“老人家，不如这样吧，你卖给我60卢比一件，另外我每个给你20卢比的报酬，这样对我们两人都有利，我少花了钱，你得到的比老板给你的还多，这样可以吧？”

章明以为这位店主会爽快地答应他，但结果让他很失望，老人还是坚定地摇摇头，并且对他说：“对不起！远方的客人，我不能这么做！”章明以为自己听错了，就解释道：“您不用担心，这只是我们两人之间的交易，没有人知道的，只要你不说，别人是不会知道的！”

老人微笑着摇摇头，指了指头顶，语气坚定地对他说：“对不起，先生，别人不知道，但佛会知道！”章明这才明白老人的意思，深感惭愧的他如数掏钱买下了他相中的商品，并给了老人100卢比的小费，然后和这个老人攀谈了许久，才回到住处。

拾来的小刀

尼克雷在医院的走廊里捡到了一把做工精美的袖珍型瑞士军刀，这把军刀的手柄和刀刃既华丽又不失优雅，一看就是限量版。尼克雷刚拿到手时，打算立即寻找失主，但是看着看着，不由地想起童年时的军刀梦想，于是放弃了寻找失主的打算。

但是，有一个小问题让他烦恼不已，他捡起这把军刀的时候，正巧被同事莫克看到了，莫克看到这把刀时，禁不住兴奋地说道："真漂亮的小刀啊，可惜是捡来的，不是属于你的！"莫克看着尼克雷把小刀依依不舍地装进口袋里，就用奇怪的眼光看着他。

其实，没有立即寻找失主的尼克雷一点也没有为拥有这把小刀而高兴，在接下来的几天里，他整日提心吊胆，怕失主认出这把刀子。莫克不知道他想将这把刀占为己有，在一次聚餐的时候告诉他好像在吉米

心灵感悟

人生在世难免会有大大小小的虚荣，总是期盼自己得到更多，总是想要得到不属于自己的那部分，往往不会认真珍惜得到的东西。不要拿不属于自己的东西，这是做人的基本原则，如果拿了不属于自己的东西，往往会失去更多属于自己的东西。

医生那里见过这把刀。

尼克雷马上拿着刀去找吉米医生，见到吉米，他紧张地说："这个，是你的吗？"吉米见到小刀，欣喜万分地说："啊，是我的！这是我父亲留给我的遗物，是我唯一的纪念。但这把刀子已经丢失好多天了，我以为找不到了，所以我又重新买了一把一模一样的，因为有它在身边，我才会感觉真实和安稳。"尼克雷听到这，低头说："是我捡到了它，吉米，我很喜欢它，本来想自已占有的，但这把刀子也有主人，我不能不经同意随便拿别人的东西。还给你，我也可以睡好觉了。再见！"吉米看到尼克雷沮丧地朝前走，就叫住了他："尼克雷，等等，你的诚恳让我很感动，既然我已经有把新刀子了，那这把刀子就归你了！"尼克雷笑着拥抱了吉米。

卖火柴的小男孩

18世纪的英国，有一位有钱的钢琴教师，是当地著名的演奏家。他因杰出的才华和善良的人品被当地人爱戴。一天深夜，他走在回家的路上，被一个蓬头垢面、衣衫褴褛的小男孩儿横街拦住了。

“先生，请您买一包火柴吧。我看您是一位绅士，是善良的人，就买下一包火柴吧。”小男孩儿抱着极大的希望说道。

“我不需要啊孩子，我这里还有呢，我家里也不会缺少火柴的。”钢琴教师表示歉意，不好意思地回答。

说着教师躲开了，男孩儿继续跟着他，“先生，请您买一包吧，我今天还没吃什么东西呢。我想给我的弟弟买一支铅笔呢，我答应了他，我不能骗他啊。他在家等着我呢。如果就这么空手回去，他会多伤心呀。”小男孩儿追上来说。

教师躲不开男孩儿，又想了一个委婉的理由：“可是我没有零钱呀。”

“先生，您先拿上火柴，我去那边的店铺给您换零钱”。说完男孩儿拿着教师给的一个英镑快步跑出去，消失在昏暗的街头。教师等了一会儿，男孩儿还是没有回来，最后教师摇了摇头，无奈地回家了。

回到家里他把这件事情叙述给了仆人，算是劳累一整天后的小插曲。仆人埋怨道：“这种人我见得多了，先生以后请不要理他们。他也许就是看出您大方且善良，才会欺骗您的。”

第二天，教师正在家里修改琴谱，他的仆人说，外面来了一个男孩儿要求面见教师，穿的很破烂，不像是您的亲戚，倒像是一个乞讨的可怜虫。教师好奇，吩咐仆人把男孩儿叫了进来。男孩儿被带进宽敞的

客厅，好奇地四处张望，他哪进过这么堂皇的房子呀。"先生，对不起了，我的哥哥让我给您把零钱送来。昨天让您久等了，他是个好人，请不要责怪他。"这个男孩儿比卖火柴的男孩儿稍矮了一些，穿的更加破烂。

"你的哥哥呢？他怎么不亲自来道歉，那样我不但不会去责怪他，还会夸赞他。"教师道。

"我的哥哥在换完零钱回来找你的路上被马车撞成重伤了，现在在家躺着呢。"

钢琴教师被小男孩儿的诚信深深感动："走！我们去看你的哥哥！"

教师到了男孩儿的家一看，小男孩正躺在床上，腿部只用纱布简单包扎了一下。男孩见到这位教师连忙坐起身来道歉："对不起，先生，我没有按时给您把零钱送回去，失信了！您是个好心人。"

"孩子，你为何不把这一英镑交给医院，换来一些药品，这样我不会怪你的，孩子。"

"我不能在弟弟面前失信于人，我可以乞讨，但他以后必须做一个像您一样体面的绅士。"

钢琴教师被男孩儿的诚信深深打动了："你们做我的助理吧，我愿意每个月都付给你们一些生活费用。"

从此，两人刻苦工作，哥哥天资聪慧，很快成为钢琴教师最杰出的学徒。

在哥哥首次钢琴演奏会完满结束后，钢琴教师对自己的同行朋友说："这孩子懂得什么是诚信，也就懂得做人的道理，会做人，琴声自然充满感染力。"

无论做人做事，诚信的人始终使人倍加尊敬。而缺乏诚信品质的人则像一块镀着一层金膜的石头，失信就是金膜的渐渐脱落，最后平凡无奇。

寻找诚实的接班人

在很久以前有个美好的国度，国度始终由国王统治着。但国王年纪渐渐大了，眼睛花了，耳朵也有些聋了，走起路来跌跌撞撞的。于是国王想：我快要死了，我死之后，让谁来当国王呢？

《鸢尾花》 梵高（1889 年）

只有真正用坦诚、无邪的心浇灌出来的花朵才是最美丽的啊。

国王放心不下自己的国度，希望能有一个诚实可靠的人来继承王位。一天，国王想出了一个奇怪的办法。于是他发出榜文，告知全国的百姓，他要在这个美好的国度里挑一个孩子来做将来的国王。他给这个国度里所有的孩子都发了一粒花籽，并宣告天下，哪位孩子能用这粒花籽种出最美丽的花，那个孩子将来就可以当国王。

有个孩子叫古鲁辛，他也参与了这次比赛。他当天领了一粒花籽回家后，赶忙把它种在一个花盆里，之后天天浇水，并且请教当地的花匠怎样照顾花籽。他多么希望埋下的花籽能长出芽来，抽出枝来，开出这个国度里最美丽的花儿来呀！可是，日子就这么一天天地过去了，花盆里什么也没长出来。古鲁辛多着急啊！他花费所有的零花钱，换了一个更精致的花盆，又去挖来一些新土，又把那粒毫无变化的花籽种上。但两个月过去了，已经到了国王和孩子们约定的时间，可古鲁辛的花盆里还是什么都没有。

心灵感悟

故事告诉我们，诚实，是一种多么宝贵的品质呀！因为拥有了诚实的品质，所以即使小男孩手里捧的是空花盆，他的心里也开着美丽的花朵。故事中的古鲁辛，正是因为拥有了诚实的高贵品质，才赢得了国王的信任和赞许，最后成了王位的继承人。

而一些人为了达到目的，不惜使用欺骗的手段，进而错误阐释领导者的良苦用心。现今流行一句“善意的欺骗不是欺骗”，这在很大程度上歪曲了诚实的纯洁本质，在使用辩证法思考问题时，要切记小心。

这天，全国各地的孩子们一齐来到了王宫里，他们每个人手中都捧着一盆花，有红的，有黄的，有白的，姹紫嫣红，美丽极了。

国王从华丽的帷幔后走出来看花，他从孩子们的跟前走过去。孩子们手里捧的花美丽极了，可是，国王一直皱着额头，一句话也不说。他走呀走呀，额头的额纹越来越深。这时，他忽然在一个孩子跟前停住了，这个孩子正是古鲁辛。他手里捧着一个只盛着土壤的花盆。瞧，这个孩子低着头默默不语，心里难过极了，人家都种出非常美丽的花儿来了，可自己呢，

什么也没种出来，自己好笨。他是谁呀？

国王站在古鲁辛面前，先前的紧蹙眉头变成了慈眉善目，亲切地问他：“好孩子，你怎么捧着一个空花盆啊？”

古鲁辛终于忍不住悲伤，大哭起来了，一边呜咽一边委屈道：“我已经很用心地把花籽种在花盆里了，用心浇水，用心施肥，可是花籽像中了‘不生长’魔咒一样，就是不肯发芽，我，我，我只好捧着捣鼓两个多月的空花盆来了。”

国王听完古鲁辛说的话，高兴得笑起来了，周围的众臣不解。

国王快速把古鲁辛的手攥在手里，把他拉到王位旁，大声宣布：“找到了！找到了！古鲁辛，我的好孩子，你就是王位的继承人，诚实的孩子，我相信我的国度能在你的领导下变得富强。”

事后，国王解释说，自己发给大家的花籽是在锅子里高温煮过的，怎么会发芽、抽枝、开花呢？

都是我的错

在郁郁葱葱的山上有两座寺庙。两座庙吃同一座山的食物、喝同一座山的水，但是奇怪的是甲庙的和尚经常吵架，互相敌视彼此，生活得很痛苦；乙庙的和尚，却和和气气，每个人的脸上都充满笑容，生活得很欢快。

心灵感悟

平时在一件事情上遇到争议时，我们为了保护自己的荣誉或品格，一味的推卸责任或与人争吵，岂不知认错未必是输，认错不仅能表现出个人的修养、反省自己，同样可以化暴戾为祥和、化战争为和平。

朋友之间，如果有一方能先认错，战火必然马上平息一半；家庭之中，当子女不肖时，父母应该检讨自己是否已经尽到了教养之责；工作之中，当下属绩效不佳时，领导在讨论员工错误之处时，也应该检讨自己在治理方法上的过失，是否是政策的无效导致实施无效；社会之中，当大家责怪环境恶劣，不能生存时，我们应该检讨自己是否就是那个破坏环境的元凶。

这个世界上没有多少人愿意承认自己错了。假如你学会了“敢于认错”、“敢于道歉”的技巧，在人际关系上能得到很多的主动，这也将是你一生的财富。

甲庙的方丈很苦恼，他多么希望自己的寺庙能和乙庙一样和气满园，幸福欢乐啊。于是他每天都在思考乙寺庙方丈是怎样管理的。他猜测是方丈执法必严、违法必究，和尚们才会各个遵纪守法，从来不和其他人闹意见，但又不见和尚们因严格的寺规感到闷闷不乐。便好奇的来到乙庙，打算请教乙庙方丈。他在进寺门时见了乙庙的小和尚便问："你们寺庙为什么能永远保持愉快的气氛呢？"

小和尚回答："因为我们经常做错事啊！"

甲庙方丈非常迷惑，怎么也想不通小和尚的话。这时，一名和尚外出回来，走进大厅时不小心滑了一跤，正在拖地的和尚立即跑了过去，扶起他关切道："都是我的错，把地擦的太湿了！你没摔伤吧？"

此时站在大门口的和尚也匆匆赶来，一边走一边懊恼地说："师兄，都是师弟的错，没有提前告诉你大厅正在擦地。"

被扶起的和尚则十分愧疚地说："不！不！不是你们的错，是我的错，都怪我自己走路慌张，太不小心了！"

甲庙方丈看了这发生的这一幕，心领神会，没有去见乙庙方丈，便微笑着离开了。

一段时间后，甲庙也能够像乙庙那样一团和气了。

他已经得到了想要的答案。您知道了吗？

善良的鹿王

很久以前，在一座茂密的森林里，有一只雄伟奇特的鹿王，它身材高大魁梧，顶角挺拔峥嵘，四蹄温润如玉，双目炯炯有神，遍体长满了五彩缤纷的绒毛。

这只鹿王率领着几千头梅花鹿，一起生活在那山清水秀的好地方，饿了吃林中的嫩叶鲜花，渴了喝溪中潺潺的泉水，无忧无虑，自由自在，生活十分幸福。

但是好景不常。有一次，一个国王到森林中打猎。他带来许多士兵，牵着猎狗、架着猎鹰，把森林团团围住，利箭像雨点般地射出，带来一声声死亡的声响。

鹿王带领群鹿跑，狼狈逃窜，好不容易才逃出包围圈，但有不少鹿，已死于士兵的乱箭之下，还有不少鹿被活捉，或跌下山崖、堕入陷阱，或被荆棘扎伤、被泥淖淹没。

鹿王看见群鹿死伤无数，心中非常难过，它曾以为经过这次灾难，群鹿可以过一段安稳的日子了，但是没想到才过几天，国王又来打猎，群鹿再一次受到损伤。

原来这个国王，特别喜欢吃鹿肉，所以每隔三五天便来打一次猎。

鹿王想：“我身为鹿王应当保护群鹿不受损害，如果为了贪图丰美的绿草待在这儿不走，反而使大家都受到伤害，这就是我的罪过了。但是迁到哪儿去好呢？哪儿才能找到像这儿这样丰美的水草呢？”

它考虑再三，决定亲自去找国王谈判，便孤身来到王城中。

城中的百姓，看到这么一只雄奇的大鹿健步入城，十分吃惊，大家都说："这是因为我们国王心地善良，为人慈悲专行仁政，所以感动圣鹿来朝了。"

他们认为这是一桩非常吉祥的事，所以没有一个人敢捕捉或阻拦鹿王。

鹿王走到国王面前跪下说："我们在大王的国境内生活，指望能得到大王的庇护。尊贵的大王，我们安居乐业，没想到近来常常受到猎人的袭击，每次都死伤很多、损失惨重。听说大王喜欢吃鹿肉，我们也不敢逃避，只希望大王能告诉我们每天需要几头鹿，我们一定相互推选，每日如数自愿前来，绝对不敢欺骗大王。老天爷是慈悲为怀的，希望大王能可怜我们！"

国王听了鹿王的这番话心中十分惊讶，对鹿王说："御厨房每天只用一头鹿就够了，没想到为了每天的一头鹿，让你们死伤这么惨重，真是我这个国王的过失。如果真像你说的，每天会有一头鹿自动走进我的御厨房，我发誓再也不到森林中去打猎。"

鹿王辞谢了国王后，回到森林中，召集群鹿，向大家宣布与国王谈判的结果。鹿王说："从此以后，每天只要有一头鹿，为了集体献出自己的生命，那其他的鹿，就可以安稳地过日子了。否则，大家都无法安全地生活下去了。"

群鹿听了鹿王的话，也以为只能这样了，于是自动排定前去国王御厨的次序。

从此以后，每天都有一头鹿自动来到王宫中，国王答应过鹿王的条件再也没到森林中打过猎，森林损失也大大降低。

轮到进国王御厨的鹿，在动身前，都要到鹿王面前来辞行。

鹿王总是流着眼泪，勉励它们："纵生百岁，总有一死，你是为了集体牺牲生命的，是光荣的。你不要害怕、不要怨恨，安心地去吧！我的孩子，我代替所有幸存者感谢你。"

日子一天天地过去了。

这天，轮到一头大母鹿去送死。但这头大母鹿腹中，已怀了一头小鹿，眼看就要分娩。母鹿跪在鹿王面前，苦苦哀求道："并非我贪生怕死，但我腹中的孩子是无辜的，它有活下去的权利啊！求大王宽限几天，让下一个先去好吗？等我把孩子生下来，一定马上去御厨房报到。"

下一头鹿听说要叫自己先去，也跪在鹿王面前叩头哀求道："大王！到该我死的那一天我绝不多说二话。但是按规矩我还能再活一天一夜，让我活够这一天一夜我才死而无怨。大王，我还有很多事情没有做呢！"

鹿王左右为难，心想："让母鹿去，一下子便害了两条命；让另一头鹿去，还没到该它去的时候。"鹿王考虑之后，便让那两头鹿都退下，毅然决定由自己代替母鹿前去。

鹿王到了御厨房后，跪在地上，引颈待宰。

厨师因鹿王以前曾来过一次，所以还记得它；他看到这只雄奇的鹿王，亲自前来就死，觉得非常奇怪，马上跑去报告国王。

国王下令把鹿王请来问道："今天你为什么亲自前来？你舍得你的领地和亲人？"

鹿王便把母鹿已怀小鹿，又不忍心以其他鹿替代，所以亲自前来的原因讲了一遍。

心灵感悟

心灵感怀：有时候心灵的触动需要解释和行动。如果鹿王坚决反对国王，那么下场只能是损失惨重，鹿王能够采用权宜之计，然后用奉献精神感动国王，这才是领导者的风范。

国王听了之后，感动得流下泪来，说："真没想到一头牲畜还会这样杀身成仁！我是一个人，却每天要宰一头鹿，以满足自己的口欲，我这个国王真是连鹿王也不如啊！"

国王立刻让厨师把鹿王放了，从此戒吃鹿肉，并下令，全国军民无论什么人，都不准伤害鹿，若敢违犯者，严惩不赦。

鹿王回到森林，从此群鹿过着无忧无虑的生活。

为了你，我愿意拆一座亭子

美国有一名政治家叫福布斯，他在美国政界是十分受尊敬的政客。他品格高尚，以诚实和信用为本，改变了公民对美国政界谎言式行政方式的不良印象。

当福布斯在政坛上风生水起时，政坛上的环境是充满欺骗的，很长时间，公民对政治并不感兴趣，甚至反感。民众认为政治就是谎言、就是欺骗，没有人比政客们更会撒谎了。在福布斯做出很多努力并且承诺造福民众时，仍然有许多公民对福布斯的个人品德持怀疑态度，对福布斯的承诺持半信半疑的态度。

有一次，福布斯受邀参加大学的演讲，大学生们问他："你在从政的过程中有没有撒过谎？"

福布斯诚恳地说："不，从来没有。"

这时大学生在下面窃窃私语，有的还轻轻笑出声来表示质疑。这些学生明白每一个政客都会说这样的话。

福布斯并不懊恼，他呵呵笑着，对这些大学生说："孩子们，在这个社会上，也许自己很难证明自己是个坚守承诺的人，但是，你们应该相信这个世界上还有真诚，它永远都在我们的周围，我们不能因它稀少就去继续弱化它，反之，提倡才是正道。我想给你们讲一个故事，也许你们听过了就忘了，或者还在认为我在说教，但是这个故事对我很有意义。

"有一位父亲是位品德高尚的绅士。有一天，他觉得园中的那座

旧亭子应该拆了，于是到街上找来了干活的工人，让他们把亭子拆了。而他的孩子对拆亭子的事情很感兴趣，他对父亲说：‘爸爸，我想看看怎么拆掉这座旧亭子的，等我从寄宿学校放假回来再拆好吗？我想知道全过程。’

父亲欣然答应了。但在孩子上学后，工人们却很快把旧亭子拆了。

孩子放假回来后，发现旧亭子已经被拆除了，他闷闷不乐。他对父亲说：‘爸爸，你不守承诺。’

父亲惊异地看着孩子。

孩子说：‘你说过的，那座旧亭子要等我回来再拆。’

父亲诚恳地说：‘孩子，是爸爸错了，我既然答应了你，就应该实现自己的诺言。’

于是父亲很快召集来了那些拆亭子的工人，让他们按照旧亭子的模样重新在原地造一座亭子。工人们都很好奇，但也没有多说什么。

亭子在督促下很快建造完工，之后，他叫来了孩子，对工人们说：‘现在，你们开始拆这座旧亭子吧。’”

福布斯接着说，“同学们，碰巧，我认识这位父亲和孩子，这位父亲并不是非常富有，但是他却为了让孩子认识到诺言的可贵而不惜花费本就不多的钱财去弥补自己的过失。”

心灵感悟

在各种品德里，信守承诺是十分重要的高尚品德。承诺过的事情就要做到，不然还不如不去承诺。为了挽回承诺上的损失，一位父亲不惜花费本就拮据的钱财来“拆一座亭子”，在拆亭子的同时，也是在为自己的孩子、为后人建造一座“诚信宫殿”。

大学生们问："请问这位父亲叫什么名字，我们希望认识他。"

福布斯略显悲伤，说："他已经过世了，但是他的儿子还活着。"

"那么，他的孩子在哪里？他应该是一位诚实可信、品德高尚的人。"大学生们问。

福布斯非常平静地说："他的孩子现在就站在这里啊，就是我。"福布斯接着说，"我想说的是，我愿意像我的父亲一样，为自己的诺言为你们拆一座亭子。我愿终身以这位父亲作为榜样。"

演讲完毕，台下掌声雷动。

爱心换来的春天

从前，有一位天性冷酷的国王。他的国家被厚厚的白雪覆盖，子民们从来就没有享受过草的翠绿和花的芳香。他做了很多祈祷，希望春天能够光临他的国家，然而天总不遂人愿。

这天，掌管这个国家的冬神去找春神：“我的好姐姐呀，多年来，我一直在这同一个地方，真的很无聊啊！”

春神说：“这是天神的安排，是来惩罚这个国王的。”

原来，这个国度的国王在年轻时经历过天神的考验。当时天神幻化成一个残疾老人，希望得到国王的帮助，但当时国王正意气风发，就对老人说：“我的臣民没有乞讨者，我管辖的国土非常富饶，你一定是其他国度流浪来的。”

天神非常愤怒，于是派遣冬神，将整个富饶国度一夜之间全部变成白雪皑皑。国王不知怎么回事，权当作是上天的眷顾，让这象征纯洁的白色驻足自己的领地，而不去管百姓民不聊生。

春神感叹道：“这样的惩罚也足够了，再大的过错也可以原谅了。我打算再去试探一下这个老国王，如果他知错能改，我就会上报天神，免除对他的惩罚。”

冬神劝阻道：“我看你是白费心思。为了离开这个地方，我已经试探很多次了。”

“我还要试试。”于是她打算化作一位需要帮助的少女，去试探国王。

这天，一位流浪已久、衣衫褴褛的少女来到了皇宫门前。她恳求国王给她一点食物以及一个休息的地方，她实在太饿太累了。但是国王从来都不愿意帮助别人，又不好意思拒绝，便问："你是我的臣民吗？"

"不是，我是从远方来的。"

"那我就不能帮助你，我的钱财只花在我的臣民身上。"国王叫随从把少女赶走了。

可怜的少女用柔弱的身躯，顶住冷酷的暴风雪，消失在国王面前。

她走到了森林里。在这里，碰到了一位正在打猎的农夫。农夫赶忙扶着她进了自己的屋里。把她放在温暖的火炉边，并将一条家里最温暖的厚毛毯盖在她身上，然后用仅有的面粉为少女做成了食物。但是，当他将食物端到少女跟前时，发现少女已经死了。他只好把那条珍贵的毛毯盖在女孩身上，把少女埋在了田野里。

《春》 波提切利（1445 ~ 1510 年）

其实春天是存在于人的心中的。有爱的时候，即使是漫天大雪，亦会使人感受到温暖。反之亦然。

第二天，一早，奇迹发生了。在少女的坟墓上，竟然开满了五彩斑斓的小花，香气扑鼻！

随即，这些花花草草迅速蔓延整个森林。女孩在空中浮现："善良的人，这片森林已被结界，它只属于你一个人。在森林里有你想要得到的任何猎物矿石，最重要的，你是这个白雪覆盖上千年的国家里唯一一位享受春天的人。"

国王知道后，率领军队来到森林旁，只可惜，这片春天森林只允许农夫进出。国王后悔："我本来是可以给国家带来春天的，可惜啊！"

心灵感悟

学会付出，才会有回报。你爱别人，别人也会爱你。

遇见时间

从前有一个小岛，上面住着快乐、悲哀、知识和爱，还有其他各类情感。

一天，情感们得知小岛快要下沉了，于是，大家都准备船只，离开了小岛。只有爱留了下来，她想要坚持到最后一刻。

过了几天，小岛真的要下沉了，爱想请人帮忙。

这时，富裕乘着一艘大船经过。

爱说：“富裕，你能带我走吗？”

富裕答道：“不，我的船上有许多金银财宝，没有你的位置。”

爱看见虚荣在一艘华丽的小船上，说：“虚荣，帮帮我吧！”

“我帮不了你，你全身都湿透了，会弄坏了我这漂亮的小船。”

悲哀过来了，爱向她求助：“悲哀，让我跟你走吧！”

“哦……爱，我实在太悲哀了，想自己一个人呆一会！”悲哀答道。

心灵感悟

在茫茫人海中，你被无视了千百次。不是你的过错，别去埋怨不值得埋怨的。用时间来证明，自己是善良的、勇敢的、值得重视的。

快乐走过爱的身边，但是她太快乐了，竟然没有听到爱在叫她！

突然，一个声音传来："过来！爱，我带你走。"

这是一位长者。爱大喜过望，竟忘了问他的名字。登上陆地以后，长者独自走开了。

爱对长者感恩不尽，问另一位知识长者："帮我的那个人是谁？"

"他是时间。"知识老人答道。

"时间？"爱问道，"为什么他要帮我？"

知识老人笑道："因为只有时间才能理解爱有多么伟大。"

鞋匠的儿子

20世纪二三十年代，美国正处于经济危机的严重时期，这次经济危机的影响比历史上任何一次经济衰退都要来得深远。

首先，一些信任度很高的银行倒闭，大部分人一生的积蓄在几天内就烟消云散；工厂关门，大批的工人失业，食不果腹；社会治安日益

《油画作品》 梵高（1853～1890年）

谦虚和诚实都是人类难能可贵的美德，一旦拥有这两样利器，那么展现在你面前的一定是有如图中这般的光明大道。

恶化，许多人因此而贫困潦倒，丧失容身之所。其中最为严重的问题是失业人口急剧增多，他们没有任何经济来源，每天排队等着领救济食品。

在整座纽约城里，靠领救济食品养活一家老小的家庭非常多。一位有点积蓄的面包师把城里最贫穷的几个小孩召集到他的家里，对他们说："在上帝光临我们，并随之带来好光景之前，我们要用快乐的心度过这段艰难日子，为了不让你们饿着，你们每天都可以来我家领一块面包。"

刚开始那几天，这些家庭和孩子们对面包师的帮助真是感激不尽。早晨来领取面包时，都对面包师恭恭敬敬地问好。但是，没过几天，当面包师在灰暗的早晨打开店铺大门时，这些饥饿的小孩全部蜂拥而上，围住装面包的篮子你推我抢，因为他们都想拿到最大的那一块面包。等他们拿到了自己的那一块面包，顾不上向好心的面包师说声谢谢，就一哄而散了。

只有年龄最小的凯迪，这位贫寒鞋匠的儿子，他既没有和大家一样吵吵闹闹，也没有和其他人一样，为了得到大面包而上去争抢。他只是谦让地等其他小朋友离去以后，才拿走篮子里最小的一块面包。拿到之后，他依然像往常一样，温顺感激地亲吻面包师的手，以表示感激，然后捧着面包高高兴兴地跑回家。

但是有一天，等别的小朋友蜂拥而上把自己的那份面包拿走了之后，羞怯的小凯迪得到一块比原来更小的面包。虽然这时他有点伤心，但他依然没有忘记感谢在这么困难的光景赠与他食物的面包师。面包师拉着小凯迪的手，温和地问："你为什么这样做？"小凯迪腼腆地笑道："虽然这些日子没有人光顾爸爸的鞋店了，但是我们得到您的面包，可以维持生计了。爸爸让我感谢你，不能再给您添麻烦了。"

"怎么了，孩子，你是嫌得到的面包不够大，不够吃吗？"

"没有，尊贵的先生，我很感激。"小凯迪再次亲吻面包师的额头，表示感谢。

回家以后，小凯迪的妈妈切开面包，准备分给家人分享，刀好像被什么东西挡住了，掰开面包一看，里面竟然藏着一枚崭新发亮的金币。小凯迪的妈妈问清原委后，猜测一定是好心的面包师揉面的时候不小心掉进去的。于是，立即让小凯迪把钱还给那位面包师。小凯迪赶紧跑着把金币送回去，怕自己的恩人着急。

到了店里，小凯迪急切地把金币送给面包师，大口喘着气断断续续地说："尊贵的先生，不要着急，我把您丢失的东西送回来了，它就在面包里。"

面包师十分欣慰："不，我亲爱的孩子啊，这是我特意把它放进去的，是只属于你的奖励。既然你来了，我就告诉你一个道理：懂得谦虚礼让的人，上帝会眷顾他，并给予他幸福。希望你以后无论做什么事情，都要保持你良好的品德。回家去吧，告诉你妈妈，这些钱是你应得的奖赏。如果需要帮助，随时来找我。"

心灵感悟

凯迪当上总裁之后，说"我永远是鞋匠的儿子，本本分分做人，平平等等待人。"多少年来，我们为凯迪懂得谦让、懂得感恩的高贵品质所触动。一颗谦让的心胜过一切华美的语言，它使得拥有它的人变得高大起来。懂得谦让的人看似会少得到许多，但实际上，上苍最慷慨的偏爱永远是留给那些喜欢谦让的人。"小凯迪"的故事应该在每个时代都起到榜样作用。

诚实的家具商

18 世纪中叶的夏天，美国家具商艾德妮正在他的工厂里研制新的家具。因为连日辛苦工作，疲惫不堪的她终于熬不住，睡着了。在沉静无声的后半夜，蜡烛燃尽之后，火苗落到地上，烧着了地上的木屑。随后木屑开始冒出浓浓青烟，火势凶猛，迅速蔓延到整个工厂。大火把工厂里的一切都烧了个精光，连同她连夜赶制好的家具和多年珍藏的古代桌椅也都损失殆尽。

突如其来的大火把艾德妮的所有希望都烧没了，购买家具原材料的钱是她从银行借来的。从此以后，她不仅没有地方住，还要想办法还贷款；再没安生的日子了。面对满地狼藉，艾德妮痛苦地抱着头，不知下一步该怎么办。

朋友们很快赶来，在了解情况后就建议她把事故的责任归咎于电线线路故障，这几天当地政府正在改进线路，而且连续高温天气导致许多地方都发生了线路失火的情况。如果以这种原因上报给警务人员的话，当地政府还会派人帮她整理被烧毁的房屋，也有可能得到一定的补助。艾德妮犹豫片刻，最终放弃了朋友的建议，因为只有她自己明白，当天她没有用电，而是点的蜡烛。

朋友们都为她惋惜，埋怨她的诚实。平定心情后的艾德妮开始整理自己已经成为废墟的家。在整理之中，她发现了一块已被烧焦的红松木。她的目光，长久地注视着那块木头独特的精致木纹。

艾德妮好像意识到这是一个特殊的东西，于是她急忙找来了一块

碎玻璃片，小心翼翼地刮去红松木上的已经烤焦的炭灰，接着用砂纸打磨光滑，然后又在上面涂了一层清漆。一番打理之后，那块烧焦的红松木呈现出一种温暖的光泽和特别清晰的木纹。

艾德妮灵机一动：若是将这种光泽与木纹的材料应用到家具的制作上，生产出“焦松木”，那就一定会得到意想不到的收获啊！灵感突至的艾德妮，立刻着手制作焦松木家具。果然，这种家具一问世，就受到了顾客的热烈欢迎和业界的好评。大家争相购买，艾德妮的家具生意也就越做越好。幸亏当初艾德妮没有说谎，不然她的那些被烧毁的原材料早就被当地管理人员扔进垃圾堆里了，如果是那样，怎么可能会发现那个烧焦的红松木，从中发现商机呢？

独特的东西，只有在烈火之中得到考验，才能变得深邃。正如艾德妮的高贵品德，价值千金。

心灵感悟

海涅说：“生命不可能从谎言中开出灿烂的鲜花，也不可能从谎言中收获美丽的果实。”尽管谎言可以给人暂时的成就感，但是时间会耗尽他虚假的妖艳。诚实则会在那里生根发芽，因为时间会让真实的须根长的更加茁壮，这正是诚实馈赠给我们的最好礼物。

善良比聪明更重要

外科医生张玲的丈夫最近不知道怎么回事，身上几天之内长出许多火疖子，疼痛难忍，去过好几个大医院都没有检查出来是怎么回事。

张玲十分担心："这样下去，只能减轻病痛，但不能彻底根治啊！"

不得已之下，张玲寻仙问卜，在偏僻处找了个偏方。偏方大意是吞吃毒蛇的蛇胆可医治火疖子，并解释这是中医里以毒攻毒的做法。

于是，身为外科医生的张玲特意托人弄来一条毒蛇。

张玲战战兢兢地提着装蛇的袋子回到了住的地方。她刚走进厨房，突然从门后闪出来一个人，用匕首顶住了她的喉咙，说道："别叫，敢叫的话就要你的小命！安静点，我不会伤害你。"张玲被这突如其来的情况吓得哆嗦，丝毫不敢动弹。张玲被小偷挟持着往客厅里移动。被挪动的过程中，张玲突然灵机一动，找到了解救自己的办法。她轻轻地把手中的袋子顺势放到小偷的脚边，不大一会儿，小偷就惨烈地号叫一声后把她松开了。

张玲回头一看，只见蛇袋里爬出来的毒蛇，正死死地缠咬住小偷的脚腕。说时迟那时快，张玲回过身从刀架上操起一把菜刀。小偷恐惧地叫道："不要杀我，我并没有伤害你。"张玲并没有伤害小偷，而是蹲下身子，朝着蛇身连砍数刀，蛇已成了几节。

把毒蛇杀死以后，张玲快速地到房间里翻找纱布和消毒用具："不要乱动，也不要试图逃跑。"

小偷怔怔地看着眼前手忙脚乱的张玲，头脑意识越来越模糊，感

觉像是在做梦。当张玲蹲在地上一口一口地吸着他伤口的毒液时，那个小偷才渐渐恢复意识，回到现实中来。他由惊恐到疑惑，又感到惭愧。他不等张玲开口，羞涩地从他的包里掏出金银首饰、信用卡和手机，然后放在了张玲身边。

张玲没有顾得上拿回自己的财物，而是赶忙拨打了急救电话。

几分钟后，120 急救车来了："幸好你是个大夫，及时为他做了简单的包扎和处理，不然后果非常严重。"小偷被送进了医院。

一个月后的一天，张玲下班回到家里，发现厨房的门上贴了一张精美的信纸，纸上用歪斜的字体写道："大姐：因为防盗门反锁着，所以我再次从窗户而入，请您原谅。我已经替您修好了窗户，以后不会再有人从这里进来了。我对天发誓，以后决不做这种见不得人的事情，要像您一样做一个善良的人。大恩不言谢，等我功成名就时一定会报答您的。"

从张玲的经历中，我们可以发现她很聪明，但聪明只能帮助解决危机，比聪明更重要的是她的善良，正是由于她的善良，这个世界才多了一个善良的人。

心灵感悟

罗素说："在一切道德品质中，善良的本性在现在的世界中是最需要的。"世界上最强大的东西不是先进的坚船利炮，而是一颗善良的心啊。善良的心如同冬日里的阳光，毫不吝啬地照进每一个角落，给世间万物带来生机。善能通灵、通心、同化愚钝万物，善是轻盈的天使，撒下圣洁的雨露，散播万千的幸福。

真正的善行无须表白

神学院要从众多的学生中选择一位新的牧师，条件是，这个学生必须要做过一件真正善良的事情。学生们都自认为他们每天都在做善事，所以都有资格入选。

这天早上，院长亲自为未来的牧师讲课。在讲到著名著作《圣经》里“乐善好施的撒马利亚人”这一段时，院长安排学生们试讲，并且要求每名学生在规定的时间内，到别的教室向其他学生演讲。在每次演讲后，要在10分钟之内赶到另一个教室继续演讲。活动开始后，学生们都急急忙忙地在各个教室之间穿梭。每一名学生在教室之间来回赶的时候，都要经过一个走廊，就在走廊的尽头，坐着一个衣衫褴褛的乞丐，大多数学生经过那里的时候，都急匆匆地过去，只有约翰停下脚步，跑到宿舍里为他拿了一件体面的衣服，并且为他准备了一小块面包。

《哀悼基督》 乔托（1305年）

真正的耶稣基督是质朴的，真正的善行也是发自内心的，他们不需要任何装饰和宣扬，因为在施以善行的同时，他们本身就已收获了幸福和快乐。

最后，全部试讲结束，教授宣布，约翰为学院新的牧师，听闻此事，大家议论纷纷，坚决表示不同意。因为，约翰在这所学院里既

不是学习成绩最拔尖的，也不是善行做的最多的。他的业绩不突出，其他人都不服气，于是集体找院长问个究竟。

院长说："在考察你们试讲能力的同时，我也安排了一个乞丐来测试你们是否对真正的善行有所领悟。但是，整个测试过程中，你们这些未来的牧师们，竟然没有一个停下来，给那个乞丐哪怕一点点表示和同情，你们都从他身边走过，急着去向其他人宣讲爱和同情。这难道就是你们口中的爱和同情吗？孩子们，你们说说看。"

院长接着说："如果我们饥肠辘辘时，有人却很快成立一个人道主义俱乐部来讨论饥饿问题；如果我们衣不蔽体时，有人却大谈特谈这样是否违反了道德规范；如果我们无故被人打伤时，有人却站出来对犯罪率滔滔不绝地表示义愤填膺；如果我们无家可归时，有的人悠然走来，宣讲上帝的庇护是如何的好。请问，这样的行为是真正的善行么？"

听到这，学生们全部惭愧地低下了头，原来真正的善行是无须口头表白的，它只存在于生活的一点一滴之中。他们从此以后更注意自己的行为了。

心灵感悟

善良的行为让生命感受到幸福，感受到祥和，感受到坚强，可以激发我们的生命奋力前进。每一位做善事的人，都是上帝派往人间照顾处于困境中的人的"救世主"，上帝为每一个正在施行善举的人都施了"护身符"，让快乐、幸福和机遇永远伴随着他。

把诺贝尔奖金捐给哈佛

迈诺特，1885 年 12 月 2 日生于马萨诸塞州波士顿。小时候，家里为爷爷治病曾欠下了巨额债务。他的父亲毕业于哈佛大学，在一家颇有名气的医院里做医生，没有文化的母亲为一所大学学生宿舍配送牛奶，所以他的家境并不富裕。

中学毕业后，因家里没有多余的钱，迈诺特无法继续学习。但是他又酷爱医学，小的时候便立志要做一位著名的医生。但是现在没有钱，连大学的门槛都进不去，这该如何是好？

万般无奈之中，迈诺特给哈佛大学校长写了一份入学申请："亲爱的校长，我的父亲曾经是哈佛大学医学院医生；我受苦受难的母亲，每日靠配送学生宿舍的牛奶来供给我的学费；我的志愿是进入哈佛医学院读书，然后成为一名合格的医生，为付不起医药费的人服务。现在我最为苦恼的是没有钱交学费。如果我能获准读医学，我一定好好学习，以最优异的成绩报答学校给予我的一切！"

迈诺特第一次的入学申请没有得到回复，接着又写了第二封，第三封，最后，他的坦诚直率和毅力决心终于感动了学校董事会。董事会商议后决定准许他入学，当哈佛试读生兼图书馆管理员。迈诺特接到哈佛大学的准许试读通知后，喜出望外。他想：他从此攀登医学高峰的愿望终于可以实现了。入学后，虽然大部分时间他都在图书馆工作，但他并没有把这当作负担，反而当成是他开阔眼界、学习新知识的大好机会。无论白天黑夜，一有机会，他就如饥似渴地阅读各类书籍。就这样，在他的刻苦钻研和辛勤努力下，他的成绩名列前茅，很快就被转为正式生。三年后迈诺特如愿以偿获得哈佛大学学士学位。

1912 年，27 岁的迈诺特获得医学博士学位，在他以后的岁月中，积极研究医学项目，帮助贫困的没有医药费的穷人，特别是儿童和老人，许多人都被他无私奉献的精神和故事所感动。1934 年，当迈诺特领到诺贝尔生理学及医学奖的奖金后，他毫不犹豫地全部捐给了哈佛大学医学院。他说："感谢哈佛大学当年提供给我的一切，才让我有机会实现我的理想。这些是我应该回报哈佛和整个社会的。"

心灵感悟

善心是真诚、友好和仁爱，是我们对待别人的基础，是克服自私自利和残忍行为的"解毒剂"。奉献不是一种失去，而是一种收获，收获那种随着感动而带来的快乐和幸福。所以我们每一个人都要知道这个社会是对等的社会，只有对他人有善心，有奉献，才会收获我们成功的果实。

丽莎的"诚实经"

李锐去德国进修学习之前，就听留德的朋友说，在德国如果不讲诚信的话，便没有办法做人，更无法做事。李锐刚到德国时还不相信，直到她和房东丽莎之间发生的一件小事，才让她充分认识了这一点。

房东丽莎今年五十多岁，孩子常年在国外，她患有十分严重的失眠症，每夜必须服一种副作用很强烈的安眠药才能入睡。一天深夜，丽莎敲了李锐的门，原来丽莎的药吃完了，想询问李锐有没有药。李锐一听，赶紧在一堆从国内带来的药中找到两瓶治疗失眠的中成药，把它送给了丽莎。第二天丽莎去李锐那里表达谢意，并说明服用中药后，没有做梦，感觉效果非常好，希望李锐托中国的朋友给她再买些来。

等了两个多月后，李锐才收到了国内朋友寄来的包裹。包裹中还有一封信，信中说明：由于所有的安眠药，中国国内的医院都限量销售，所以一次不能多开。她分别去了四五家医院，对医生说自己失眠，就吃这种药有效，才凑够了十几瓶。

因为收到的包裹比较晚，李锐特意把她朋友购得这个药的过程给丽莎讲了一遍，希望可以得到她的谅解。丽莎听完李锐的话后，脸色有些不对，问她要了钱款的单据，付完钱，没有谢谢就匆匆离开了。李锐看到这心里很不是滋味，以为她生气了。

第二天，李锐想趁向丽莎借胶水的机会向她表达歉意，一进房间就看见从中国帮她买来的药原封不动地放在火炉边。李锐惊异地问丽莎为什么不吃药，谁知，丽莎却说："你拜托你的朋友在中国帮我买药，我很感激。但是，如果为了给我买到药你的朋友不得不对医生说谎，那我就不能吃这个药。在我们国家，诚实是毫无条件的真诚、坦白，不能有任何附加条件，也不可以有丝毫变通，它就是实事求是。因此，任何目的、任何情节、任何程度的欺骗都是错误的。在购买的过程中，这个药已经包含了欺骗，它亵渎了我的人格。所以，我是不会吃的。”

从那以后，李锐才知道德国人的诚实到底是什么了。

心灵感悟

诚实是一种高尚的品德，它指的是我们做事要忠于事实，不偏左右，即使自己做错事情也坦白承认，勇于承担后果，有错就改。如果我们利用他人的善良去帮助别人，这样不仅亵渎了他人的纯洁，也玷污了别人的心灵。欺骗不应该拿善意来自我开脱，如果诚实可以寻找借口，那么，诚实就会失去它赖以生存和发展的环境。

人性的光辉

18世纪末期，一个聪明好学的小女孩在父亲的书柜里找到了一本介绍古希腊著名学者阿基米德的书，这本书详细讲述了他被破城而入的罗马士兵用长矛杀死前，还在泰然自若地在沙地上画着他正在构思的几何图形，当长矛刺向他时，他头也不抬地说："请等一等，让我把这道题解完……"阿基米德的故事让小女孩受到极大的触动，她当时就树立了自己的理想，并下定决心要像阿基米德那样献身于数学事业。

这个小女孩就是索菲·热尔曼，后来成为法国出色的数学家和物理学家，她参与了著名的"费马大定理"的论证。鉴于她对数学有着不同凡响的业绩和贡献，法国科学院授予她金质奖章，这是数学界极高的荣誉。

心灵感悟

在这个世界上，总有一些人的无私奉献精神让我们感动万分。我们的社会正是有了一代又一代献身科学、献身事业的科学家们，正是他们的故事和精神，一次又一次地感动了我们，才让我们每个人变得纯粹起来，变得高尚起来，才让我们的这个世界变得更加美好光明，变得更加充满希望和生机。

1806年10月，拿破仑率军攻打普鲁士军队，当军队攻陷普鲁士城堡时，前线军官对手下传达了一项命令：一定要保护大数学家高斯教授，任何人不准侵扰和伤害他。

同样都是大军压境，同样都是大数学家，为什么阿基米德和高斯的命运和遭遇会这样截然不同呢？普鲁士的高斯为什么会受到保护呢？原来真正起作用，暗中保护他的人是索菲·热尔曼。那位下令保护高斯教授的法国军官是索菲·热尔曼的男友，在她的强烈要求和嘱咐下，高斯才安然无恙地躲过了这一劫，幸运地继续从事他所热爱的事业。

帮助需要帮助的人

肯尼斯·贝林曾经是美国最为富有的人之一。他拥有多个顶级别墅，好几辆世界顶级跑车，多架私人飞机。可以说应有尽有，享受一切荣耀，很难发现他会缺少某样东西。然而，令人想象不到的是，如此巨大的财富和荣耀却并没有给他带来丝毫快乐和幸福。

一件微乎其微的小事彻底改变了贝林的人生态度。这件小事发生在1999年，当时一家慈善机构费尽周折找到他，希望他能够用私人飞机顺路捎带些捐赠物品送到罗马尼亚的医院，其中包括6把轮椅。在这家罗马尼亚的医院里，贝林有生以来第一次把一位病重的老人扶上了轮椅。坐上轮椅的老人，感动得老泪横流，哽咽得半天说不出话。从老人断断续续的话语中，贝林得知这个老人的妻子早些年就过世了，他又患了中风，腿脚不能动弹，如果没有轮椅的话，这个老人只能

《唐吉老爹》 梵高(1853～1890年)

就如文中所说“我的梯子靠错了墙”。没错，财富只是使人幸福的手段之一而已，财富并不是目的。只有获得内心的安宁才是人生的终极目标啊，就如图中的老者，脸上露出的全是慈祥、和蔼的笑容。想必他会十分幸福吧。

永远待在没有阳光的屋子里。接着老人越说越激动，而且紧紧地抓住了贝林的手说，托他的福，他从今以后可以坐上轮椅，也可以走出院子和其他老人们一起闲话家常了。贝林听完老人的话后，先是沉默了许久，而后百感交集。他想，他只不过是应别人之托把轮椅运到这个医院，也不过就是把老人扶上了轮椅，现在却好像是把这个老人扶上了人生幸福的轨道！

就是这样一件普普通通的小事，激发了贝林从事慈善事业的那股热情。在随后的几年内，他往返于非洲的大小医院和世界各个贫穷国家。2000年他出资创立了轮椅基会会，免费为老人们提供所需要的设施。据统计，这个轮椅基金会已经向全球130多个国家捐赠了37万把轮椅。

心灵感悟

我们知道，肯尼斯·贝林是一个知道怎么创造财富的人，就像他在自传《为富之道》一书中所说的那样：刚开始，我以为越来越多的财富就是最终目标，但实际上我错了，错在我把梯子靠错了墙，我爬到顶端才发现方向错了。但是，罗马尼亚的旅程改变了我的人生态度，让我懂得了奉献的意义和价值。当然，我这么做并不是为了得到回报，而是为了享受奉献所带来的幸福快乐。

其实，财富的终极目的不是为了聚集更多的财富，而是去发现和实现它的最大价值，去帮助那些最需要帮助的人，并从中享受由此带来的幸福和快乐，这才是真正的为富之道。

唤醒心中的美德

一天早晨，一位留学英国的美国青年，转乘地铁去上课。车厢里很拥挤，几乎座无虚席。当他抱着一大摞书籍走向车厢里唯一的空位时。没想到，空位旁边的一位衣着华丽、体态肥胖的英国老太太，抢先将她怀中抱着的那只小狗放到那个唯一的空位上。

那只小狗眯着眼，懒懒地侧卧在坐椅上，而它的女主人则坐在它的旁边用手抚摸着它，和它嘟嘟囔囔地说着什么。

这个美国青年看到这个情况，礼貌客气地指着小狗占着的那个位子说："太太，您看我拿着书本很不方便，您可否愿意让我坐在这里？"

胖太太没有抬头回应，只是鼻子里哼着粗气，只当没有看见，还故意把头转向另一边。

尴尬的青年再次小声问道："打扰一下，太太。请问，我可不可以坐在这里？"胖太太仍然一声不吭，头也没有回。

"太太，请您把您的狗挪一挪。"年轻的美国人第三次发出请求，然而小狗的女主人依旧是一副傲慢无理的样子，根本没把这个美国青年的几次请求当回事。

让人意想不到的是，青年猛地打开地铁车厢的窗子，拎起座位上的小狗，猛地扔出了窗外。然后，稳稳当当地坐在那个胖太太的旁边。

半天，胖太太才反应过来，随后尖叫一声，眼睛睁得大大的圆圆的，惊异地看着身边沉静地看着书本的美国青年。顿时，车厢里出奇的安静，等着下一步动静。

半晌，坐在他们对面的一位英国绅士打破了寂静。他朝着美国青年说："听我说，小伙子，你们美国人在英国几乎时刻都会犯错误。例如，你们常常把行车的方向弄反；在吃饭时双手总是拿着刀叉；你们还常常把楼号的顺序搞颠倒。而你今天犯的错误是，你不该将那只不懂事的小狗扔出窗外，而应该把你身边这个胖女人扔出去。"

心灵感悟

我们知道，不同的地方都有着各自不相同的生活习惯与风土人情，但是，文明和友善却是人类共有的美德，它在任何地方任何时间都不应该被人抛弃的。你让这些美德沉睡了吗？如果有，那就赶快把它们唤醒，不要放弃我们心灵的那些美好的东西，因为它们可以拉近人与人之间的距离。我们要时刻记住，无论走在哪里，无论在何时，我们都应该把同样友善的点头、同样亲切的微笑献给每一个遇到的人。

小女孩的布娃娃

年轻的妈妈骑着自行车，载着女儿在大街上缓慢前行，她的四五岁大的女儿坐在自行车后座的围座里，怀里抱着一个粉色布娃娃。

这时正是交通高峰期，一路上，行人熙熙攘攘，车水马龙。这位年轻妈妈，在交通指示灯转为红灯之前的一刹那，在路口中央岗亭上的交通警察的注视下，加速驶过了十字路口。

刚过十字路口，她背后的小女儿哭叫了起来，小小的身子使劲摇动着她的胳膊，年轻的妈妈回头一看，原来小女儿的布娃娃在自行车加速前进时掉到地上了。年轻妈妈停下车，看着那个粉色布娃娃，它正手脚朝天地躺在路口中间，远远看着真像一个无助的婴儿。两边排着长龙的汽车已经发动，正向它的方向全速驶去。眼看布娃娃就要被行驶中的车辆碾碎，女儿翻身下车，大声哭喊着要去捡它。妈妈死死拉着她，不让她动弹半刻。无奈之下，小女孩放开嗓门朝交警大喊一声：“叔叔，请你救救我的布娃娃。求求你！”

年轻的妈妈立刻喝止住她，行驶的汽车中拿回布娃娃简直是女儿的异想天开。可让那位年轻妈妈惊讶的是，这位交警思索了片刻，果断地做了一个手势，两边的汽车戛然而止。交警跳下岗台，把布娃娃捡起来，应该是双手抱了起来，接着打手势让两边的汽车继续通行，在交通灯交替过后快步来到母女身边。

年轻妈妈拉着小女儿赶快迎上去，正准备要说对不起、谢谢之类的话，那位交警却立正，并举手敬礼，说：“在公路上，请照顾好您的孩子。”他没有把布娃娃交给她，而是转身走到小女孩面前，双手拿着布娃娃交给她，随后又是一个立正，温柔地说：“一定要拿好你的娃娃噢，不能再让它丢掉了。”

听到这，年轻的妈妈和她的小女儿都愣住了。小女孩还以为这个警察叔叔会批评她呢，看到这，小女孩回报给交警一个甜甜的微笑。母女俩一路上有说有笑地继续骑车回家了。

心灵感悟

所有的关怀和照顾，所有珍惜生命、尊重人权的话语，都比不上这个交通警察在这短短几分钟里的所作所为那么光辉动人。世间一切美好的事物，都是来自我们真诚的发掘，它们是天然的、纯真的、善良的。这个警察的敬礼，尤其是第二个敬礼，将会给那个小女孩带来深深的印象和影响，将教会她怎样爱人，怎样善待他人。她将会待人真诚，满心快乐。

对人对物，多一分尊重和爱护，是人性的美好。这个世界应该是一个充满爱的世界，不分年龄、身份与地位，任何时候我们都要以一颗善良的心对待别人，关爱一切生命，尊重身边的人，无论自己还是对方。

尊重每一个人

一天傍晚，一位40多岁的中年妇女带着她的小儿子在公司附近散步，她所在的公司是美国著名企业“巨象集团”。她们不知不觉走到公司大厦楼下的花园里，在一张长椅上坐下来。这个中年妇女一直不停地在和小男孩说着什么，似乎很生气，小男孩一直低着头，不敢回话。

长椅的另一端，一位头发花白但精神矍铄的老人正在修剪参差不齐的灌木。突然，这个中年妇女从随身背包里揪出卫生纸，用完之后，揉的皱巴巴，然后一甩手将这个纸团抛到老人刚修剪好的灌木丛上。老人看到纸团，诧异地扭过头朝中年妇女看了一眼，中年妇女仰起头满不在乎地看着他。老人停留了片刻，什么也没有说，慢慢走过去拿起灌木上的纸团，走了好几步，把它扔进垃圾桶里。

片刻之后，中年妇女又从包里揪出一团卫生纸，用完之后，又朝旁边的灌木扔了过去。老人没有吭声，再次慢慢走过去，把那团纸拾起来扔到垃圾桶里，然后回去继续他的修剪工作。让人没有想到的是，当这位老人刚拿起剪刀，第三团卫生纸又落在了他正准备修剪的灌木上……就这样，那个中年妇女一连扔了六七团纸，这个可怜的老人每次都把它们拾起来，扔到垃圾桶里，而且整个过程中，他始终没有露出不满和厌烦的神色。

“儿子，你看见了吧！”这个中年妇女指了指正在修剪灌木的老人对小男孩说，“我之所以这样做，就是希望你看清楚，你如果现在不好好学习，考不上好大学。你将来就跟这个老人一样没出息，只能做这些

卑微低贱的工作，承受别人的欺负和凌辱！”

听到这里，老人摇摇头，叹了口气，他慢慢放下剪刀走过来，对中年妇女说：“这位夫人，这里是巨象集团的私家花园，按公司规定只有集团员工才被允许进来。”

“你这是什么意思，我是‘巨象集团’分公司的部门经理，就在这座大楼里工作！你一个园林工人，也配问我该不该来？”中年女人趾高气扬地说着，同时朝老人晃了晃她的证件。

老人听了她的话没有反驳，反而沉吟了一下说：“我能借你的手机用一下吗？有点急事要处理。”

《播种》 米勒（1850年）

人世间必定存在着贫富差距和地位的高低，但人格上都是一样的、平等的。怎可因为对方没有金钱就可任意的侮辱对方呢？今天你侮辱了一个没有你有钱的人，那么明天就有更有钱的来侮辱你。而且，就如图中的播种者，他虽然很穷，但却是靠自己能力生活的人，这样的人才是真正的生活的硬汉，是值得尊重的。

中年妇女极不情愿地把手机递给老人，她想一个清洁工也不会拿她怎么样的。趁老人打电话的时候，她又很严厉地对儿子说：“你看看这些穷人，这么大年纪了，还在这里辛苦地工作，工资恐怕连一部手机也买不起。你今后一定要努力啊！可不能给我丢脸！”

不大一会儿，老人就打完电话，把手机还给了那个中年妇女，她还从包里掏出纸巾把手机前前后后都擦了一遍。很快，一名西装革履的青年男子匆匆跑过来，恭恭敬敬地站在老人面前。老人对青年说：“我现在提议免去这位女士在‘巨

象集团’的职务！”

“是，我立刻按您的指示去办！”那人连声答应，拿出口袋里的手机吩咐着什么事情。

老人看着青年男子打完电话后，径直朝长椅上的小男孩走去，他用手轻轻地抚了抚男孩的头，意味深长地说：“孩子，我这样做，只是希望你能明白，在这世界上最重要的事情是要学会尊重每一个人……”说完，老人撇下三人头也不回地缓缓而去。

中年妇女顿时愣住了，丝毫不明白眼前骤然发生的事情。她认识这个青年男子，他是集团中主管任免各级员工的一个高级职员。“你……你为什么要对这个老园工那么尊敬呢？他只不过是一个园林工人而已。”她大惑不解地问道。

“你说什么？老园工？你搞错了。他是我们集团总裁詹姆斯先生！”中年妇女听完，一下子瘫坐在长椅上，等待她的只有后悔，她必须要为她的无礼付出代价。

心灵感悟

每个人由于出身不同，国籍不同，职位不同，也许会有高低之分，但是没有贵贱之别。我们不能因为任何原因而看轻一个人。也许你会以为自己在某个领域里很成功，很了不起，但总会有比你更了不起、更成功、更谦虚的人。我们如果要学会尊重别人，首先就要把自己和别人放在同一个起点上。我们尊重和爱戴别人的同时，自然而然也会得到别人的尊重和爱戴。

上帝的奖赏

一个星期天，一位叫埃利斯的女孩来到教堂请求牧师的帮助。她一直很苦恼，因为她实在是想不明白，为什么每次她帮妈妈将烤好的饼干拿给家人，付出劳动后得到的也只不过是一句“好孩子”的夸奖，而她的弟弟约克什么都不干，每天只知道淘气贪玩，反而可以得到妈妈做的又香又甜的饼干和玩具？她之所以来教堂的目的就是想问一问无所不知的牧师，上帝真的是公平的吗？为什么她会经常看到那么多像她这样的好孩子和好人都被上帝遗忘掉了，上帝对好人的奖赏到底去哪里了？

牧师约瑟夫降生于这个教堂，长大成人后也就留在这个教堂做事，这么多年来，听到很多有关像埃利斯这样的疑问：“上帝为什么不奖赏好人，为什么不惩罚坏人，以及上帝对好人的奖赏在哪里？”每当找约瑟夫来寻求帮助的人提出这种问题时，他的心情就非常沉重，因为他实在是不知道该怎样回答这些提问。不想看着埃利斯失望的眼神，约瑟夫和这个小姑娘聊了一个下午，小姑娘才开心的回家去了。

第二天，一对新人在这个百年教堂里举行婚礼。牧师约瑟夫也许一生都该感谢这次婚礼，因为就是在这次婚礼上，他找到了答案，并且这个答案不仅帮助他解决了难题，而且使他成为了最受欢迎的人。

婚礼中，牧师约瑟夫主持完仪式后，是两个新人互赠戒指的环节。也许是这对新人都沉浸在幸福和喜悦之中，也许是这两人过于激动。总之，在他们互赠戒指时，两个人却阴错阳差地把戒指都戴在了对方的右手上。约瑟夫看到这一情节，低声地对他们提醒着：瞧，你们的右手已

经很漂亮了，今天，你们还是用这个漂亮的戒指来装扮左手吧。听到这句话，两个人才意识到自己弄错了。

教堂里的人都没有太过于注意约瑟夫的话语，但是这两个新人却感激的看着他。就在那一瞬间，他突然茅塞顿开，仿佛找到了埃利斯所要的答案。其实，我们的右手成为右手，这本就是一件非常完美的事情了，是没有必要再把其他的饰物戴在手上了。换言之，那些品质高尚的人，之所以常常被人忽略或忘记，不就是因为他们已经做到了至善至美了吗？

通过这次婚礼，牧师约瑟夫得出了他一直想不出来的答案。那就是：上帝之所以让右手成为右手，就是对右手最高的奖赏。同理，上帝让善良的人成为善良的人，也就是对这些人的最高奖赏。

心灵感悟

中国有句谚语：“恶有恶报，善有善报，不是不报，时候未到”。我们也许都会对那些恶人迟迟得不到报应感到迷惑不解。但我们最终会明白，让那些恶人成为了恶人，这就是上帝对他们最坏的惩罚。我们要做一个高尚的人，因为这本身就是上帝对我们最好的奖赏。

贝多芬之吻

弗朗茨·李斯特6岁时就开始学习钢琴，由于天资聪颖，加上良师教导，他9岁时就举行第一场钢琴独奏会。12岁的时候，他的演奏会如期在维也纳举行，这场演奏会来了好多名人，大家都是慕名而来，包括著名音乐大师贝多芬。演出成功结束后，在前排仔细观看的贝多芬突然走上台去，将正在台上接受掌声的李斯特搂在怀里，并在他额头上吻了一下。此刻的李斯特激动万分，像是得到了什么恩赐一样，紧张得快要昏过去了。也许这只是贝多芬的一个小小举动，但却是李斯特终身难忘的最高奖励。

经过几十年的努力，李斯特成为了19世纪最辉煌的钢琴演奏家。在他漫长的教学生涯中，对于那些成绩显著的学生，他总是以贝多芬曾经为他做的——吻额头的方式来奖励他们。他在他的回忆录中写道："我在音乐方面继承了贝多芬的动力性钢琴音乐传统，但是贝多芬给我的最重要的东西不是他的音乐，而是他的支持与鼓励，以及他的爱心，这些传给我们的优秀品质，我要把它继续发展下去。"

李斯特把贝多芬给予他的支持与鼓励称为"贝多芬之吻"。李斯特把这些传给了他的学生们，他的学生又一代代地传递下去。李斯特的另一个高徒亚历山大·西洛蒂也接受过"贝多芬之吻"。西洛蒂在跟李斯特上完第一堂课以后，李斯特在他额头上吻了一下说："好好照料这一吻，它来自贝多芬。你要接受它，并把它传承下去。"

就这样，西洛蒂跟着李斯特学习了几年。后来他的名字被刻在音

乐学院的金牌榜上，是那一代中最突出的钢琴家之一。

西洛蒂的一位颇有音乐天赋的学生叫福布尔斯，他曾一度对学习钢琴失去了信心。一次，西洛蒂聆听完福布尔斯弹奏钢琴曲后，虽然听出了不少问题，但还是起身吻了福布尔斯的额头，并且说："你是一位很有天赋的孩子，请不要辜负上天给予你的一切。"

西洛蒂的吻对迷茫的福布尔斯产生了巨大影响，虽然他没有成为世界上有名的钢琴演奏家，但是也培养了许多出色的人才。当福布尔斯年逾古稀的时候，他对他的学生说："在我最孤独无助的时候，是西洛蒂的赞扬和鼓励让我重新找回勇气和自信。这些是来自'贝多芬之吻'，这使我更加的热爱人生和热爱你们。"

心灵感悟

我们每个人都渴望着别人的关注和爱护，每个人都需要别人的赞扬和鼓励。当人们听到赞美和鼓励的话语时，都会有一种愉悦的心情。没有人不热爱真诚的赞扬，没有人不渴望得到别人的肯定。在很多的一瞬间，赞扬和鼓励就像一阵风，吹进心里，掀起思绪的浪潮，拍醒了原本沉寂的心。真诚地赞扬和鼓励别人，也是一种美德，它能帮助我们消除在日常接触中所产生的种种磨擦与不快，让我们收获意想不到的温暖和快乐。

走路是礼物

太平洋偏远的小岛上，一个十岁左右的小男孩正在仔细地聆听岛上的长老讲解为何人们在圣诞节时要互赠礼物。

这个发须灰白的长老说：“礼物代表着相互之间的爱意和我们对

《宫娥》 维拉斯凯兹（1599 ~ 1660 年）

少年人的心是真诚的，他虽然没有财富可以送给你，但是他却可以给你最宝贵的东西，那就是他对你的真心喜欢。

圣神耶稣降临的欢喜，圣诞节最伟大的礼物是耶稣。”

转眼，圣诞节到了，岛上的孩子都为长老准备了各种各样的礼物。小男孩拿出了为长老带来的礼物，其他的孩子都笑这一份毫不起眼的礼物。他的礼物是一颗闪闪发亮的贝壳，是海水冲上岸的贝壳中的珍品。

长老看到礼物，惊喜地问：“孩子，你是怎么发现这样一颗稀有又不寻常的贝壳的？”

小男孩告诉长老，爸爸告诉他说只有一个地方才能找得到这种非同寻常的贝壳，那就是离这二十多英里外的某个隐秘的海滩上，偶尔才会有这种贝壳。

长老说：“好孩子，它真的很漂亮了。我会一辈子珍惜它的。谢谢你走那么远的路去为我寻找礼物。”

孩子眨着眼睛说：“爸爸说，走路是这个礼物的一部分。”

心灵感悟

美好的品德是无价之宝，我们可以从那些看似平凡的小事中看出一个人的高尚品格。我们平时做事不要太计较眼前得失，这会让你的美德闪闪发光，生活将会带给你丰厚的酬劳。只有懂得付出的人才是最懂得爱的人，也是最幸福快乐的人。

国王与三个儿子

很久以前，波斯国的国王，年老不能处理朝政，他决定在他弥留之际把王位传给三个皇子中的一个。这天，国王把三个儿子叫到他的床前说：“儿子们，我决定把王位传给你们三个中的一个，但是，我必须要考核你们，你们必须要在外面的世界里锻炼一年。一年后回来告诉我，在这一年内，你们所做过的最高尚的事情。只有那个真正做过高尚事情的人，才能继承我的王位。”

转眼间，一年的时间到了，三个儿子回到了国王跟前，详细地告诉了他们的父亲这一年来在外面所做的高尚事情。

大儿子说：“我曾经在一个小镇上，遇到了一个陌生人，他有急事赶往其他地方，托我把他的一袋金币交给他住在另一个小镇的妻子。我没有耽搁时间，当天夜里就赶去把金币原封不动地交给了他的妻子。”

国王听后说：“你做得很对，诚实是每个人应有的品德，不能称得上是高尚的事情。”

二儿子接着说：“我游历到一个热闹的小镇，刚好碰上一群强盗打劫一家店铺，我毫不犹豫地冲上去帮店家赶走了强盗，保护了他们的生命和财产。”

国王听后说：“你做得很好，救人是你的责任，还算不上是高尚的事情。”

三儿子看到父亲对大哥二哥的行为都给予否决，就迟疑地说：“我的一个老朋友，由于我的无心之过让其失去了老父亲，他怀恨在心，一

直在想方设法地置我于死地。有好几次，我没有防范，差点就死在他的手上。在这次旅行中，他也跟着我。一天早晨，我穿过一片树林发现那个仇人正睡在一棵大树下，他前天夜里喝过酒，睡的很死，正巧远处有一条蛇朝他缓缓移动，我知道那是一条毒蛇，如果我的仇人被蛇咬过的话，他肯定会立刻丧命的，这样我就会少了一个敌人。但我没有这样做，我奔跑过去，用剑射死了毒蛇。我的动静惊醒了他，他看着地上的毒蛇，愣在那里。我告诉他睡在这里很危险，并劝告他赶紧回家。后来，当我穿过另一片树林时，一只黑熊突然从旁边的树林里蹿出来，把我扑倒在地，正在我绝望时，我的仇人从后面赶过来，及时将黑熊杀死。我问他为什么要救我的命，他说‘是你救我在先，你的仁爱化解了我的仇恨。’”

三儿子说完又补充了一句：“我所做的这些和两个哥哥比起来实在算不了什么，国王还是从哥哥之中挑选吧。”

国王听完后，高兴地点点头，并且严肃地说：“不，孩子，能帮助自己的仇人，是一件高尚而神圣的事，你做了一件高尚的事，我决定把王位传给你。”

心灵感悟

“原谅自己的仇人并爱他”是上帝传给他的信仰者众多意愿当中的一个。上帝还说总要“免别人的债”，也就是总要原谅别人。如果你原谅自己仇人的罪，那上帝也会原谅你的罪。人总是会犯错的，生命也很短暂的，原谅别人，也正是善待自己。

感恩的心

谈起霍金，人们都会想起他所著的《时间简史》和他为物理学所做的卓越贡献，当然还有他身残志不残的传奇人生。世人推崇霍金，不仅仅因为他是智慧的完美诠释者，更因为他还是一位令人折服的人生斗士！

在一次国际级科学研究报告结束之后，一位年轻漂亮的女记者捷足跃上讲坛，此时，眼前的科学巨人让她觉得有些压抑和羞涩。面对这位已经在轮椅上挣扎了三十多年的科学巨匠，在景仰崇拜之余，又略带同情地问："霍金先生，我们都知道，肌肉萎缩性侧索硬化症已经使您全身瘫痪，而且丧失了珍贵的言语能力，您这一辈子都会待在轮椅上，虽然您现在是当今社会最伟大的科学家，有卓越的功绩。但您不认为命运让你失去的比得到的还要多吗？"

这个有些唐突而又辛辣尖锐的问题让整个报告厅内顿时鸦雀无声，静谧的可以听见每个人的呼吸声。刚刚提出这个问题的女记者也尴尬万分的站在那里，左右为难，恨不得赶紧转移话题。可面对这样一位巨人，她能提出的让巨人感到不幼稚的问题只能是这样。

让人吃惊的是，霍金没有迁怒于他，依旧保持着他那恬静闲适的微笑，他艰难地活动着手指，慢慢叩击着键盘，过了好大一会儿，合成器发出了标准的伦敦音，宽大的投影屏上缓慢而醒目地显示出霍金的人生感悟：

我的手指还能轻微活动；

我的大脑还能思考生命；

我有终生追求的理想，

有我爱和爱我的亲人、朋友。

对了，我还有一颗感恩的心……

这是让人最意外的回答。片刻之后，人们不由自主地起立，随后鼓起掌来，掌声经久不息，伴随着掌声，投向这位伟大的科学巨匠的是虔诚崇拜的目光。大家纷纷走向台前，簇拥着这位敢于向命运挑战的科学家，向他表示由衷的敬意。人们被霍金的话语和行动所感染，并不是因为他无法治愈的疾病或者是他的痛苦和磨难，而是因为他直面苦难时所表现出的坚毅、乐观和勇气。

心灵感悟

莫洛亚说："有希望在的地方，痛苦也成欢乐。"我们每一个人短暂的一生，如花开花谢，潮起潮落，有得便有失，有苦即有乐。如果谁总是自以为失去的太多，并且受到这个想法的折磨，从而自暴自弃，那才是最为不幸的。霍金的故事告诉我们，那些对生活怀有一颗感恩之心的人，即使遇上再大的灾难和痛苦，也可以战胜困难熬过去。感恩者遇上灾难，灾难也可以变成福气，而那些遇到一点小事就抱怨生活的人，即使遇上了福气，福气也会变成灾难的。

我们常说要有一颗感恩的心，其实感恩是一种心态，是对生活的一种发自内心的热爱。感恩者不管处于多么恶劣的环境之中，都会牢牢记住自己拥有的胜过于自己所失去的，珍惜他生命中拥有的一切。

管仲的遗言

公元前686年，齐国爆发内乱。管仲辅助公子纠争夺王位，失败被抓以后，本想自杀以谢天下，但是最后却放弃了。旁人问他为何像个懦夫一般，他说他家还有老母亲要养，暂时不能死。齐桓公，也就是公子纠的兄弟小白即位后，鲍叔牙举荐管仲为宰相。管仲见齐桓公不计前嫌，就在随后的日子里帮助齐桓公处理朝政内外大小事务。

公元前645年，为齐桓公创立霸业呕心沥血的管仲患了重病，马上就要去世了，这个时候，齐桓公亲自前往探视。管仲看到齐桓公，不禁忧心朝廷大臣们，于是直言进谏说让他疏远身边的易牙、竖刁、常之巫、公子启方四个人。

管仲（前716～前645年）名夷吾，汉族，颍上（今属安徽）人，史称管子。春秋时期齐国著名政治家、军事家。管仲少时丧父，生活贫苦，过早地就挑起了家庭的重担；后几经曲折，经鲍叔牙力荐，为齐国上卿（即丞相），被称为“春秋第一相”，辅佐齐桓公成为春秋时期的第一霸主。管仲的言论见于《国语·齐语》，另有《管子》一书传世。

齐桓公听到这里很疑惑，对管仲说道：“在他最饥饿的时候，易牙把自己的孩子煮了给他吃；竖刁为了能够辅助他，可以侍奉他左右，甘愿自阉当太监；常之巫懂巫术，有测生死祸福的能力，好多次都使他逢凶化吉；公子启方自幼服侍

他，他的父亲病逝时也没有及时回去奔丧。这四个人对我如此忠心耿耿，丞相为何这样说呢。”管仲摇摇头，叹了一口气，解释道：“大王您可以仔细分析一下，虎毒不食子，如果易牙连自己的亲骨肉都可以杀害的话，那么他难道就不可以伤害您吗？身体授之于父母，如果竖刁连自己的身体都可以去残害的话，那么他难道就不伤害您吗？常之巫所学都是投机取巧，任何吉凶祸福都是和为人联系在一起的，只要一个人好好修炼自己的德行，那么自然会善始善终，也就用不着需要别人来帮助。为人子女就是要孝顺，公子启方的父亲死了，他都不回去奔丧，一个对自己亲人都不好的人能为整个国家服务吗？所以我郑重请求大王为了国家安定和社稷安危，将这四个人驱逐出去。”

不久管仲病逝。齐桓公不听管仲病榻前的忠言，重用了易牙、竖刁、常之巫、公子启方四个人。

两年后，齐桓公突染疾病卧病在床。易牙、竖刁等人看到桓公将不久于人世，于是开始堵塞宫门，然后假传命令不许任何人进去，而且下令不准任何人照顾病中的齐桓公。一个忠心耿耿的宫女乘人不备，偷偷去看望齐桓公。当时齐桓公意识迷糊，没有力气说话。这个宫女便将易牙、竖刁作乱，占领宫廷，堵塞宫门，不准供应食物的行为告诉了齐桓公。齐桓公听后，用尽最后的力气说：“我有什么面目去见管仲，九

心灵感悟

中国古人说：“人无德不立，国无德不兴。”这句话强调的就是道德对于个人修身立业和国家长治久安的重要作用。史上很多名人、很多英雄都取得了很大的成功，但他们都不会忘记自己要做个有品德的人。品德是个人魅力的基础，其它一切吸引人的长处均来源于此。

泉之下他是不会原谅我了！”一说完这话，就立即用衣袖遮住脸，在饥饿中死去。桓公死后，齐国大乱，齐桓公的几个儿子都为了王位各自结党营私，互相残杀，而与此同时，齐桓公的尸体在床上停放了六七十天，却没有人收殓，惨不忍睹。此后，齐国的霸业开始衰落，中原霸业逐渐移到了晋国。

我只要我的斧头

在一个小村庄里住着一户贫苦人家，更加不幸的是，这家男主人上山砍柴时失足跌落悬崖而亡，只剩下孤儿寡妇。小男孩看到卧病在床的母亲，没有哭泣，因为他要靠着自己单薄的身子和瘦小的肩膀挑起整个家庭的重担。

小男孩每天天不亮就要起床上山砍柴，然后再走几公里的山路到镇子上换取微薄的收入维持生计。一天，他又像往常一样出门砍柴，刚出门就感到口渴，怕回家喝水耽误时间的他就来到山脚一个池塘边，正俯身蹲下捧水喝时，绑在腰间的斧子却滑落到池塘里去了。他顾不上喝水就赶紧打捞，但是没有找到。这是家里唯一的工具，没有它，就没有办法砍柴，没有柴，就没有钱给母亲买药，就没有了食物。想到这儿，

心灵感悟

古人云："人无信不立。"诚信是一种美德、一种责任、一种力量！做人当以诚信为本。在我们的生活中，也许常常会因为诚实守信而暂时错过一些东西，但是，从长远来看，这些小的损失都算不了什么。因为我们需要的是建立信用，树立真正诚信的名声。被人信赖可以获得幸福感和满足感，这些是金钱都无法衡量和取代的啊。

这个小男孩跪在池塘边上嚎啕大哭。

小男孩在池塘边哭了好一会，正准备回家时，一道金光从水里射出来了，一位慈祥的老爷爷出现在他的面前，上前问道："孩子，你为什么哭呢？"这个小男孩委屈地回答："老爷爷，我的斧子不小心掉进池塘了，如果没有斧子，我和妈妈都会饿死的！"

老爷爷听完哈哈一笑，一下子就钻进池塘，不见踪迹。小男孩揉了揉自己的眼睛，愣住了，一眨眼的功夫，老爷爷又出现在他面前，手里拿着一把黄澄澄的金斧子，问道："我找到了一把斧子，给你。"孩子看了看老爷爷手中的斧子，摇了摇头，说；"哦，谢谢老爷爷，但这把斧头不是我的，我的那把斧子又破又旧。"

看到小男孩拒绝拿那把金斧头之后，老爷爷再次钻进池塘，不一会又出现了。他这次拿上来的是一把闪闪发光的银斧头，没想到小男孩看过之后，还是摇摇头；第三次，老爷爷从水里捞上来的是一把破旧不堪的铁斧头，问道："这个是你的斧头么？"孩子点点头，高兴地说："是的，谢谢老爷爷。"老爷爷将铁斧子递给他，好奇地问："你为什么不要金斧头和银斧头呢？如果得到它们，你就可以拥有一大笔财富，这样就不用每天上山砍柴了，母亲的病也可以治好了！"小男孩摇摇头，诚实地说："我只要我的斧头。妈妈说不是自己的东西，不能拿。"老爷爷微笑着点点头，便将金银斧头都送给了这个小男孩。这位孩子用自己的诚信获得了神灵的看护和保佑，最终也给自己带来了更大的财富。

老天知道

医生艾瑞克不仅医术高明，而且具有高尚的人格和严谨的自我塑造意识，在当地颇有盛誉。有一天，一位青年妇女慕名找他看病。艾瑞克检查后发现她的子宫里有一个瘤，需要做手术切除。

这位青年妇女的手术很快就安排好了，手术室里都是最先进的医疗器材，对这位有过上千次手术经验的艾瑞克来说，这只不过是一个简单的小手术。

手术中，艾瑞克切开病人的腹部，仔细观察了她的子宫，正准备下刀时，他突然全身一震，刀子停在空中，豆大的汗珠冒上额头。不是

心灵感悟

一位伟人曾说过："当我们竭尽全力、尽职尽责时，不管结果如何，我们都赢了。因为这个过程带给我们的满足，使我们都成为赢家。"其实，在这个世界上，最渺小的人与最伟大的人同样有一种责任，那就是，用自身的道德感染他人。我们每一个人都可以让闪亮的道德如阳光般穿过层层阻拦，照射进其他人的心灵，让暖流遍布全身，那么我们每个人都是一颗闪亮的"道德之星"。

因为艾瑞克生病了，是因为他看到了一件令他难以置信的事：这位青年妇女的子宫里长的不是肿瘤，是个胎儿！他的手停在半空中，内心陷入矛盾的挣扎中。如果艾瑞克将错就错，把孩子拿掉的话，然后告诉病人，摘除的是肿瘤，病人一定不会知道，反而会很感激他的。但是，如果他承认自己的失误，那么，他不但会被病人责骂，还将会名声扫地。

短暂的思考后，艾瑞克没有继续将手术进行下去，而是镇定而小心地缝合了刀口，在众人诧异的目光中回到办公室，等待这病人苏醒。第二天，他来到病人床前，对病人和她的家属说："请原谅，这位女士，先前我看错了，你只是怀孕，并没有长瘤。所幸及时发现，孩子安好，他将来一定是一个健康可爱的小宝宝！"

病人和家属听完艾瑞克的话都惊住了，半天，青年妇女的丈夫突然冲过去，将艾瑞克打到在地，并且吼道："你这个庸医，根本不配做医生！我要告你！"

大半年后，青年妇女顺利产下一个婴儿，经检查这个孩子发育正常。但是，艾瑞克医生被告得名誉扫地，差点破产。

医院的同事看着他不由得感叹着说："你当时为什么不将错就错？就说那是个畸形的死胎，这样又有谁能知道？"

艾瑞克只是淡淡一笑："人在做，天在看，老天知道！"

这就是生活

麦克因为父亲批评了他几句，心里难受，就跑到大海边。天渐渐地黑了，风摇树叶，催促着游兴未尽的人们上岸、穿衣、回归，此时的麦克看着返回的人群，丝毫没有回家的打算。

忽然间，远处一阵阵紧急的呼救声划破沉静的黄昏，正在往回走的人们止住了脚步。原来一位年轻女子不知什么缘故跌落深水区之中，她拼着命地想往浅水区挣扎，却不料风起潮涨，又被海浪打入深水区，看样子，她的腿在挣扎中抽筋了。

岸边的男男女女惊恐万分，不知道该如何是好。有三四个人虽然

心灵感悟

俄国作家托尔斯泰说："一个人若没有热情，他将一事无成，而热情的基点正是责任心。"千百年来，人类拥有上苍赐予的许许多多美好的品质与情感，强烈的责任感就是其中的一点美丽的光芒。助人，是一种品德，同时也是一份责任心。只有出于对自我做人原则的高度负责，出于对美好未来的热烈追求，生活才会过得充实，过得有意义。有时候责任心需要舍己为人，有些时候甚至会付出自己的生命。

尚未脱掉游泳衣，却停下了脚步，因为深水区离岸边很远，况且现在是涨潮时期，一不留神，他们也会被海浪卷到大海中的，他们无可奈何地凝望着那濒临死亡的溺水女子在浪涛中苦苦挣扎。

突然，一位走在岸边的小伙子穿过人群，飞快地向海边冲去。他顾不得脱掉衣帽，就毫不迟疑地扑进波涌浪卷的大海中。他越过一阵大波浪，冒着生命危险，终于拉住了年轻女子即将下沉的手臂。

人们见状，纷纷跑过去援助，不一会，年轻女子就被大家抬上岸。接着，欢声笑语又回到了沙滩上。那个小伙子见救上来的人一切安好，就向她绽出一丝坦然的微笑，带着满身的水，步履艰难地离开了岸边，消失在归途中的人流里。

坐在沙滩上的麦克目睹了这一切。他不敢相信这是真的，怀疑自己是刚刚看完了一场电影。他惊魂不定，疑虑重重地往家里跑去。回到家，气喘吁吁地向父亲详尽地讲述了所见的情景："她当时就要淹死了，那么多的人都不管。要不是那位不知名的大哥去救她，她早就被海浪冲进大海，找不到了。"

父亲蛮有兴致地听完了麦克的讲述，说："我的孩子，这就是生活呀，这就是现实。有的人对生活有着高度的责任心，而有的人却自私自利。责任心需要极大的勇敢、坚定的信心，这才是最光荣的责任啊！"

一个编辑的责任感

艾迪生·维斯理在希尔公司出任编辑，这是一家已有百余年历史的老牌公司，年出书量在3000种以上，是美国出版界的一大巨头。艾迪生·维斯理是一位备受好评与尊敬的编辑，因为他是位相当专业、具有高尚职业道德的编辑。曾经有人这样赞美他："他用蓝铅笔一挥，光秃秃的岩石也能冒出香槟酒来。"

俗话说的好，三十而立，维斯理不仅对编辑业务十分熟悉，而且小有成就。维斯理具有很好的语感和渊博的文学知识，而且掌握许多具体的出版工艺：从设计、出书，直到发行工作。作为一个编辑，维斯理可以说是同行业中的佼佼者了。

纽约大学的乔楠森·布雷德教授把他的书稿《关于美国文学的研究》送到维斯理供职的希尔出版社。维斯理花了半个月的时间审阅了这部著

心灵感悟

弗洛姆说："责任并不是一种由外部强加在人身上的义务，而是我们需要对我们所关心的事件做出反应。"责任心决定人生态度。对有的人来讲，责任重于泰山；对有的人来说，责任轻如鸿毛。从个人的责任心，完全可以看出这个人的内在品性。

作。他认为："对我来说，这是一部明达而深入的研究著作，在内容、风格和学术方面都很丰富，完全应该出版。"他肯定地说："我可以很有把握地说，如果我们不出版这部书，别的出版社也会出版这本书。但是我们是第一个读到这本书的出版社。"

尽管维斯理对布雷德教授的书稿抱有如此充分的自信和热情，但还是被他的上司所否定，理由是布雷德教授的书稿不符合现阶段出版流行趋势。维斯理听完后无可奈何地回家了。按一般常规，责任编辑的推荐、力争无效，书稿退回作者就行。然而作为有高度责任心的维斯理并没有就此撒手，他不忍心让一部确有价值的书稿就此埋没。在给布雷德教授的信中，他仍然自信满满地说道："我们公司暂时出版不了您的书稿，但是我个人认为，您的著作是会使哈珀与罗出版公司的书目生色不少的，我会把您的书稿寄给他们。实际上，我很愿意向那个出版社推荐您的书稿。"为了使布雷德教授的书稿顺利出版，他又花了几个月的时间重新阅读了书稿，甚至还精心地校对和改正了书中的一些小错误。功夫不负有心人，经过两年时间的努力，在维斯理的帮助下，布雷德教授的书稿历经坎坷后，终于由哈珀与罗出版公司出版了。

《房屋》 康斯坦布尔（1776 ~ 1837 年）

即使乡村中的老房子，也给人一种温暖宁静的美，皆因人类精神贯穿其中，责任感就是其中最重要的一种品质。

百年责任

一天，家住上海百年老宅院的张先生突然收到一封信，信封上都是英文字母，满怀着疑惑的张先生小心地拆开信，内容也都是英文，于是找来正在上大学的儿子翻译。这封信是从英国的一所大学寄来的，信尾的署名是一位名叫汤姆的人。

看到信封上的收信人，张先生疑惑了，他是土生土长的上海人，也没有结交什么外国朋友，也没有什么出国留学的亲戚，这封信，是不是寄给住在这附近的其他人呢？但是地址没有错，信封上的收信人栏里明明白白写着“房屋的主人”收。

张先生的儿子回来后，看了信，翻译了信件的大致内容：

“我是一个建筑设计师，非常荣幸地设计了您目前所居住的房子。从开始设计到竣工，融入了我大量的心血，可以说它是我年轻时候最得意的作品之一！但是，再完美的建筑，也会像人一样，有衰老的那一天，世界上任何建筑物都逃不了这种命运。当您收到我这封信的时候，这座房屋的寿命即将到期了，再住下去的话，只会导致您和家人的生命财产受到不必要的损失与威胁。虽然这所房屋的处理权并不在我，但是，作为这所房子的设计者，我有责任与义务提醒您：请您务必尽快搬离这座房屋！”

张先生很重视这封信和设计师“汤姆”的忠告，按照“汤姆”的提醒，真的在最短的时间内搬离了这所房屋，并封了它。同时，他还按照寄信人的地址回了一封信，真诚地感谢“汤姆”，并邀

请对方来中国做客。

一个月之后，张先生收到了回信，信是“汤姆”的孙子小汤姆寄的。原来，小汤姆的爷爷老汤姆是当时非常有名气的建筑设计师，有一次来中国旅行，设计并建造了这座房屋。但是，老汤姆已去世近百年。这封信，是老人在遗嘱中重点提到的，要求他的子孙在一百年后的今天，务必将这封信寄到中国房屋主人的手中。

为此，这封长达一个世纪的信，经过了祖孙几代人的手，并通过外交途径，终于及时地转交到了现在房主的手上。不久，一个暴风雨之夜，伴随着狂风电闪雷鸣，这座长达150年的建筑物，真的轰然倒塌了……

心灵感悟

事物总有消亡的一天，建筑物也一样。这世界上，没有不倒的建筑，只有不倒的灵魂。责任，比那些屹立不倒的建筑，比那些刻在建筑物上的名字，更让人油然而生敬意。那些高尚的人格，更是立世的基石！

建筑虽然倒塌了，但那份强烈的责任感却依然在废墟中闪耀。不忘自己的职责，懂得为别人着想，这一份百年牵挂，不仅感动了屋主，也同样感动了每一位有良心的人。责任，不是一时的事，而是一生的牵挂。

对结果负责

格里·弗斯特讲了一个简单的故事，从这个故事中，你也许能对责任感的强弱做出比较清晰的分辨。

作为一个公众演说家，弗斯特发现自己成功的最重要一点是让顾客及时见到他本人和他的材料。事实上，这件事情如此重要，以至于弗斯特管理公司有一个人的专职工作就是让他本人和他的材料及时到达顾客那里。

“最近，我安排了一次去多伦多的演讲。飞机在芝加哥停下来之后，我往公司办公室打电话，确定一切都已安排妥当。我走到电话机旁，一种似曾经历的感觉浮现在脑海中：

“8 年前，同样是去多伦多参加一个由我担任主讲人的会议，同样是在芝加哥，我给办公室里那个负责材料的琳达打电话，问演讲的材料是否已经到多伦多，她回答说：‘别着急，我在 6 天前已经把东西送出去了。’

“‘他们收到了吗？’我问。

“‘我是让联邦快递送的，他们保证两天后到达。’”

从这段话中可以看出，琳达以为自己是负责任的。获得了正确的信息（地址、日期、联系人、材料的数量和类型），也许还选择了适当的货柜，亲自包装了盒子以保护材料，并及早提交给联邦快递，为意外情况留下了时间。

但是，正如这段对话所显示的，她没有负责到底，直到有确定的结果。

格里继续讲他的故事："那是8年前的事情了。随着8年前的记忆重新浮现，我的心里有些忐忑不安，担心这次再出意外，我接通了助手艾米的电话，说：'我的材料到了吗？'

"'到了，艾丽西亚3天前就拿到了。'她说，'但我给她打电话时，她告诉我听众有可能会比原来预计的多，大约400人。不过别着急，她把多出来的也准备好了。事实上，她对具体会多出多少也没有清楚的预计，因为允许有些人临时到场再登记人场，这样我怕400份不够，保险起见寄了600份。还有，她问我你是否需要在演讲开始前让听众手上有资料。我告诉她你通常是这样的，但这次是一个新的演讲，所以我也不能确定。这样，她决定在演讲前提前发资料，除非你明确告诉她不这样做。我有她的电话，如果你还有别的要求，今天晚上可以找到她。'"

艾米的一番话，让格里彻底放下心来。

艾米对结果负责，她知道结果是最关键的，在结果没出来之前，她是不会休息的——这是她的职责！

心灵感悟

在结果没有出现之前，如果不继续跟进，中间环节出现难以预料的问题，没有负责人在场，那么，给人的印象就是在逃避责任，所以，负责不仅是对过程的监督，还有对结果的估计和重视。

责任传递责任

莉莉和凯瑟琳是一对姐妹。在一个风雪交加的下午，莉莉从家里的邮筒中取出了一封信，但是这信不是她家的。

信上赫然写着：K 市大河沿路 60 号，而莉莉的家是在 K 市小河沿路 60 号。

"姐姐，这可怎么办？"莉莉问道。

"等邮差下次来时再取走吧！"凯瑟琳说。

"可是姐姐，邮差三天才来一次呢！要是有什么急事，那不就耽误了吗？"

"那你说怎么办，爸爸妈妈又不在家。"

姐妹俩一时也不知该怎么办。送去，外面风雪交加，两个孩子有些胆怯。因为莉莉 9 岁，凯瑟琳也只有 11 岁；不送，要是人家有急事耽误了可怎么办呢？

"我以为我们还是应该送去，虽说和他们是陌生人，但我们收到了别人的信，理应给收信人送去，这也是我们应该做的，你以为呢？"凯瑟琳说。

"姐姐，我也是这么想的。我们一起去吧！"

就这样，两个小姑娘穿好衣服，带着这封信走进了风雪中，她们俩也不知道大河沿路到底有多远，只好一路走一路打听。

"嘿，我说小孩，这么大的雪还出来干吗？大河沿路远着呢，怎么不让你们的父母带你去？一直走，到第五个路口向右拐，然后再打听吧。"一个陌生人这样对姐妹俩说。

莉莉和凯瑟琳深一脚浅一脚扶着往前走。雪太大了，她们看不清前方的路。

“莉莉，我们一定会把信送到的，对吗？”凯瑟琳问。

“我也是这么想的，姐姐，一定会的。”莉莉坚定地说。

两个小姑娘走了很长时间，终于来到了大河沿路60号。姐妹俩高兴极了。门开了，一位年轻的女士出来了。

“你好，孩子，你们有什么事吗？”年轻的女士问道。

“请问，这是大河沿路60号吗？”

“对呀，有事吗？”

“是这样的，我们家住在小河沿路60号，邮差把你家的信送到了我家，我们给您送来了，怕您着急。”凯瑟琳说。

这个年轻的女士向外看了看，疑惑地问道：“就你们俩，没有大人吗？”

这个年轻的女士感激地看着这两个孩子，不停地说“谢谢”。

一个月过后，有一天，一个陌生的男子来到了莉莉的家。爸爸妈妈并不认识这个来访的人。这个陌生人说：“我住在大河沿路60号。一个月前，我的信被误送到你们家，是您的两个孩子冒着大雪给我送到家的。多亏了这两个孩子，当时我的父亲病重，急需一笔钱，那封信是让我给家里送钱的，如果晚了，我的父亲也许就活不成了，太谢谢孩子们了。”

爸爸妈妈都笑了，原来，他们并不知道自己的孩子做了一件这么有意义的事情。

“还有一封你家的信。”这个男子掏出了一封莉莉家的信，“如果没有这两个孩子的这种责任感，我想我是不会给您送过来的，而是要等到邮差来取走。你的孩子让我懂得了什么是责任。”

心灵感悟

对他人的事情漠不关心，那么，当你遇到为难的事情时，别人也不会关心你。与此相反，当你怀着强烈的责任感敲开别人的心门时，别人的责任之门也是敞开的，为你，也为他人。你对他人的责任感强些，他人也会对你负责更多些。

适可而止千万别贪婪

村里有一个小孩，大家都说他很傻，因为如果有人同时给他一枚5毛和一枚1元的硬币，他总是会选择5毛的那枚，而不要1元的那枚。有一个人不相信，就拿出了两枚硬币，一枚1元，一枚5毛，叫那个小孩任选其中一个，结果那个小孩真的挑了5毛的硬币。

这个人觉得非常奇怪，便问那个孩子："难道你不知道1元的硬币更多吗？"

孩子小声说："如果我选择了1元的，下次你就不会跟我玩这种游戏了！"

这就是那个小孩的聪明之处。

是啊，如果他选择了1元硬币，就没有人愿意继续跟他玩下去了，而他得到的，也只有1元钱！但是他拿了5毛的硬币，把自己装成傻子，这样一来，傻子当得越久，他就拿得越多，最终他得到的，将是1元钱的若干倍！因此，在现实生活中，我们不妨向那"傻小孩"看齐——不要1元硬币，而取5毛硬币！

当法国人从莫斯科撤走之后，一位农夫和一位商人在街上寻找财物，他们发现了一大堆未被烧焦的羊毛，两人就各分了一半捆到自己的背上。

在归途中，他们又发现了一些布匹，这时，农夫将身上沉重的羊毛扔掉，选些自己扛得动的、较好的布匹；而贪婪的商人却将农夫所丢

下的羊毛以及剩余的布匹统统捡起来，背到了自己的背上，重负让他气喘吁吁，行动缓慢。

走了没多远，他们又发现了一些银质的餐具。农夫就将布匹扔掉，捡了一些较好的银器背上，而商人却因沉重的羊毛和布匹压得他无法弯腰而作罢。

此刻突降大雨，商人身上的羊毛和布匹被雨水淋湿了，他饥寒交迫地踉跄着摔倒在泥泞当中；而农夫却一身轻松地回家了，他变卖了银餐具，生活很快富足起来。

心灵感悟

大千世界，万种诱惑，什么都想要，那会累死你的，该放手就放手，你会轻松快乐地过完一生。贪婪的人往往很容易被事物的表面现象所迷惑，甚至难以自拔，事过境迁，后悔晚矣！

最好的消息

阿根廷有一位著名的高尔夫球手，名叫罗伯特·德·温森多，他是一个非常豁达的人。

有一次温森多赢得一场锦标赛。领到支票后，他微笑着从记者的重围中走出来，到停车场准备回俱乐部。这时候一个年轻的女子向他走来。她向温森多表示祝贺后又说她可怜的孩子病得很重——也许会死掉——而她却不知如何才能支付起昂贵的医药费和住院费。

温森多被她的讲述深深打动了，他二话没说，掏出笔，在刚赢得的支票上飞快地签了名，然后塞给那个女子，说：“这是这次比赛的奖

心灵感悟

当知道自己被骗时，尤其是一颗善良无辜的心，遇人侮辱时，你会采取什么态度呢？是否常常大发雷霆，恨得咬牙切齿，然后愤愤不平地诅咒那个人？

真正豁达睿智的人并不会对此耿耿于怀，因为他们内心平和，懂得宽容。只要别人少一分痛苦，多一分快乐，他们就不会计较个人得失。这样的人，总是在帮助和给予的过程中享受着快乐。内心平和的人总是在宽容中享受着快乐。

金。祝可怜的孩子早点康复。”

一个星期后，温森多正在一家乡村俱乐部进午餐，一位职业高尔夫球联合会的官员走过来，问他前一周是不是遇到一位自称孩子病得很重的年轻女子。

“是停车场的孩子们告诉我的。”官员说。

温森多点了点头，说有这么一回事，又问：“到底怎么啦？”

“哦，对你来说这是一个坏消息，”官员说，“那个女子是个骗子，她根本就没有什么病得很重的孩子。她甚至还没有结婚哩！你让人给骗了！”

“你是说根本就没有一个小孩子病得快死了？”

“是这样的，根本就没有。”官员答道。

温森多长吁了一口气，然后说：“这真是我一个星期以来听到的最好的消息。”

第二章
敢于向生命的高处攀登

努力要趁早

鹰妈妈有六个孩子，最大的孩子是她最宠爱的，也是她最为器重的。鹰妈妈在外猎捕到食物时都是首先想到它，在教孩子们展翅飞翔的时候，鹰妈妈总是希望它的大儿子第一个战胜恐惧，飞向蓝天。

随着时光流逝，鹰妈妈的孩子们一天天长大了，各自都学着飞翔和外出猎取食物。但是她的大儿子却不想这么早就出去寻找食物，每次鹰妈妈都是用尖尖的嘴将它轰出去。但是他飞出去之后，要么是待在一个地方看着天空发呆，要么一会飞到这里，一会飞到那里，根本没有翱翔于天空的打算。

鹰妈妈绕了一圈，寻找到食物后，对它说：“我的儿子，你怎么

心灵感悟

时光一去不复返，所以我们应该要趁早努力。既然有目标或追求就要赶紧努力，不要老是说“我没有时间”、“我身体不舒服”或“今天太累了，明天再做”。想想这些似是而非的借口能使你成功吗，不可能！如果我们不趁年轻时努力，等到年纪大了还要为一日三餐拼命时，岂不是更累吗，现在不能成功以后还有机会吗，所以趁年轻就赶紧努力吧。

在这里，随我一起去飞向高空吧！”它却说：“我会飞的，天空就那么高一点，我轻轻一飞就上去了！”

鹰妈妈看着它的大儿子有些生气，但她还是大声地鼓励它说：“我的儿子，成功要趁早，你是一只搏击蓝天的雄鹰呀，待在这里会被猎人发现的，到时候，你就是他们嘴里的食物了。”

这只小鹰一点都不相信妈妈的话，继续在太阳底下梳理着自己的毛发。

可是，远处的几个猎人正用箭瞄准了它，它的妈妈在不远处提醒它快跑，这时候，小鹰才发现自己紧张得浑身发抖，由于速度太慢而被猎人的箭射死了。

谁都有用处

一天晚上，眼睛、鼻子、眉毛和嘴巴之间的矛盾剧烈激化了。于是，他们就开始你一句我一句地批判对方。首先，大家看眉毛高高居上，就把矛头指向了它。

眼睛说："小小的眉毛，你有何用处？凭什么要在我们的上面？眼睛可以看东西，如果没有我，恐怕我们的主人连走路都不行了！"

鼻子一听眼睛把主要功劳揽在自己身上就不服气，说道："我才是功劳最大的，鼻子可以嗅香和臭，感觉最灵敏，眉毛和眼睛算什么？它们怎么可以站在我的上面？我应该在最上面的啊。"

心灵感悟

俗话说："金无足赤，人无完人。"很多人都会有一种毛病，会将自己看的过高，自认为完美无缺，唯有自己看得较顺眼，不需要任何改正，而别人则全身都是缺点，个个不如自己，这个想法是非常错误的，因为任何一个人都有或多或少的优点值得我们学习。因此我们必须"取他人之长，补自己之短"，必须更加虚心认真地面对生活和社会，这样才能超越别人、战胜自己！

听了眼睛和鼻子的争吵，嘴巴也不服气了，鼓起腮帮气呼呼地说："你们不要高看自己了，我才是最重要，才是最有用的！如果没有我，大家哪里会获得食物和维持生命的能量？我应该站在最上面。眉毛最没用，他应该站在最下面才对！"眼睛、鼻子及嘴巴都在互相争执，对眉毛发出愤愤的抗议，准备把它拉下来。

眉毛听到他们的议论之后，不仅没有生气和争辩，反而心平气和地对他们说："既然你们都以为自己最有用，那我就在你们的下面吧！"

说完，眉毛便走过眼睛，走过鼻子，再越过嘴巴，位于最下方，大家满意后，纷纷照镜子看一看现在的造型，都认为既丑陋又别扭，只好又重新让眉毛回到原处去，因为它待在那儿看起来最舒服。

没有野心，就没有机会做大事

在法国有一位穷苦的年轻人。他是以推销装饰肖像画起家的，经过不断努力，在不到十年的时间里，迅速跃身成为法国50大富翁之列，成为一位年轻的媒体大亨。不幸的是，因过度劳累，在医生检查时，发现他患上前列腺癌。1998年，这位俊才在医院去世。

去世后，法国的一份报纸刊登了他的一份遗嘱。在这份遗嘱里，他说：我曾经是一个穷人，在以一个富人的身份跨入天堂边界之前，我把自己成为富人的秘诀留在人间，谁若能通过回答“穷人最缺少的是什么？”猜中答案者将能得到我的祝贺，我留在银行私人保险箱内的100万法郎将作为睿智地揭开贫穷之谜的人的奖金，这也是我在天堂给予他的欢呼与掌声。

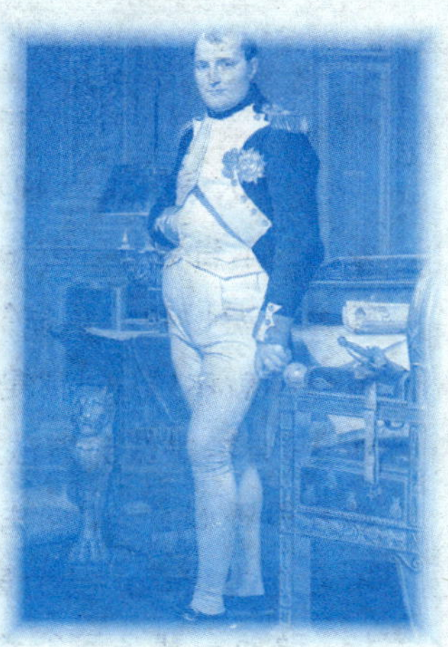

《拿破仑》　大卫
（1748～1825年）

图中为法国皇帝拿破仑一世，他是从平民成长为一代英雄的典型代表。让我们永远记住他的那句名言吧：“一个不想当将军的士兵，就不是好士兵。”

遗嘱刊出之后，有成千上万的希望得到财富的人寄来了自己的答案。这些答案五花八门，应有尽有。很大部分人认为，穷人最缺少的当然是金钱了，有了钱，就能靠钱滚钱，就不会再是穷人了。另有一部分人认为，穷人之所以穷，最缺少的应该是机会，穷人之穷是穷在“走背字”上面。又有一部分认为，穷人最缺少的是一种生

存技能，一无所长所以才穷，有一技之长才能迅速致富。

在这位大富翁逝世周年纪念日，他的律师和代理人在公证部门的监督下，打开了银行内的私人保险箱，公开了他致富的秘诀，他认为：穷人最缺少的就是成为富人的野心。

在成千上万的答案中，有一位年仅14岁的女孩猜对了。可为什么只有这位14岁的女孩想到了穷人最缺少的是野心？在接受100万法郎的颁奖的那一天，她用稚嫩的口音说："每次，我姐姐把她16岁的男朋友带回家时，总是恶狠狠地警告我说不要有野心！不要有野心！于是我想，野心也许可以让人得到自己想得到的东西。事实上，我真的得到了我想要的东西，我现在是富翁了。"

谜底揭开之后，很快震动法国，并波及英美。一些新贵、富翁、

心灵感悟

"认命"是一种对生命极度不尊重的消极状态，只有不肯劳动、不肯努力、害怕失败的人才会"认命"，从而丢掉了骨头，输掉了魂！和"认命"相对抗的就只有"野心"。成事开头难，有目标就不难，创富是从制定目标开始的。天下没有不赚钱的行业，没有不赚钱的方法，只有不赚钱的人。"人穷烧香，志短算命"，要是没野心，一个学生，如要他仅以60分作为学习目标，他肯定不会出类拔萃；一个员工，如要他只以养家糊口为自己的人生目标，那他一辈子可能都在以微薄的工资疲于奔命；一个运动员，如果他的人生目标只是在国家队里混碗饭吃，那他永远不可能打破世界记录。你必须以比普通人更高的眼光看待自己，否则你就永远只能是一个小小的员工。

穷人在谈论此话题时，均毫不掩饰地承认：野心绝对是永恒的“治穷”特效药，是所有奇迹的萌发点；穷人之所以穷大多是因为他们有一种无药可救的缺点，也就是缺少致富的野心。

在工地上，老板经常会大声对埋头苦干的劳工吆喝“面包会有的，牛奶会有的，只要好好干。”这样的话语，无疑是对思想的麻痹，这种看似鼓励的方式其实是围困思想的高墙，没有任何老板会对属下说：“你看，你永远成不了我；你看，我的生活多么优质；你看，别给我打工了，有什么出息；你看，你就是劳动力而已，而且，脑子还不好使。”

“大石头”，小石头

从前在一个村落里，有一户人家门前的土里埋着一颗圆石头。

出出进进的人很容易就会踢到那颗大石头，不是跌倒就是擦伤。

这天，儿子不耐烦：“爸爸，那真是颗讨厌的石头。为什么不把它挖走呢？”

爸爸回答：“你说那颗石头喔？从你爷爷时代，就一直放到现在了。你爷爷对我说，这只是露出地面的一小部分，剩下的都在土下面埋着呢，我猜测，咱们的房子都在这块石头上呢！挖石头，不如走路小心一点。”

过了很多年，这颗大石头留到下一代，这时儿子娶了媳妇，当了爸爸。

有一天儿子的儿子愤愤地说：“爸爸，门口那颗大石头让我越看越不顺眼，改天请人搬走吧！”

爸爸回答说：“从你爷爷时代，就一直放到现在了。你爷爷对我说，这只是露出地面的一小部分，剩下的都在土下面埋着呢，咱们的房子都在这块石头上呢。如果可以搬走，我小时候就搬走了，哪会把它留到现在啊？”

儿子的儿子心底非常不是滋味。

一天早上，他带着锄头和一桶水，将整桶水倒在大石头的四周。十几分钟以后，儿子用锄头把大石头四周的泥土搅松，几分钟就把石头挖起来。

石头就这么大，埋进地下的不到四尺。

爷爷和爸爸都来看小孙子挖出来的石头，异口同声道：“哦，原来这么小。”

翻开石头，剥落泥土，下面有字：到这一辈人，咱们族里能出大人物了。

心灵感悟

你抱着下坡的想法爬山，便无从爬上山去。如果你的世界沉闷而无望，那是因为你自己沉闷无望。改变你的世界，必先改变你自己的心态。人与人之间本身并无太大的区别，真正的区别在于心态，“要么你去驾驭生命，要么生命驾驭你。你的心态决定谁是坐骑，谁是骑师。”

生命最后的蜜汁

在荒无人烟的荒村外，一个旅行者步履蹒跚地走着。他感到远处废墟荒草中有“哗哗”的响声。但凡是喜欢独自旅行的人，都是可以独当一面的人。于是，旅行者慢慢摸索着走向前去，想看个究竟。他拨开荒草，顿时，他惊呆了。他看到一只吊睛白虎，正在啃食着一具尸体，已经不能辨别出是什么动物。

旅行者心想，还好，老虎没有发现自己。正当他慢慢退回时，脚下踩到卵石，扑通一声摔倒在地。正在进食的老虎，迅速转身，做出攻击姿态。老虎恐怖的獠牙还滴着动物的血液，空气在此刻停止流动，旅行者脸色煞白。但求生的意念对他发出指令：逃！

一个在前，一个在后，就这样，旅行者利用巧妙的躲避和老虎纠缠。

心灵感悟

一个人在最危险的关头，要消除压力和恐惧，对于勇者来说，也许并没什么了不起。消除多方面的压力和恐惧，在进退两难的境遇里，以全部的力量向险恶的势力抗争，就显得格外难能可贵了。倘若在面对无法抗衡的力量的威胁时，等到生命的最后时刻，仍能够自如地去发现和体味最后的蜜汁，就会显现出一种真正超然的英雄本色。

旅行者想：这样不是办法，很快就体力透支了。四下无人，他已经孤立无援了。

正当旅行者气喘吁吁时，他看到村头的一口井，于是使出了最后的力气跑到井旁，毫不犹豫地跳到井中，还好，多年未经打扫的老井井壁上长满了植物，他幸运地抓住了井壁生长的灌木。然而，危险并未平息。正当旅行者长吁一口气时，忽然听到下方有“嘶嘶”声。他慢慢低下头，竟看到井底有一只水蟒，一会吐着信子，一会张开血盆大口。

这个不幸的人不敢爬出井口，怕会被狂怒的老虎吃掉；也不敢跳入井底，否则会被水蟒吞噬。他打算最后一次回想此生美妙的时光。他抓住井缝里生长出来的野灌木枝条死死不放。他的手越来越无力，他感到自己不久就会筋疲力尽。祸不单行，深井有几个小窟窿。两只老鼠从里面钻出来绕着他抓住的灌木主枝画了一个圆圈，然后开始啃噬。木屑不断掉进蟒蛇嘴里，灌木随时都会断裂掉。

旅行者经历了这一切，深知自己必死无疑，而在他死死抓着灌木的时候，却看见灌木的树叶上挂着几滴蜜汁，他把所有的惊慌抛到脑后，对自己说：“死已经是定局，不如享受这生命中最后一次美妙时光吧。”他把舌头伸过去，舔舐着生命中最后的快乐。

“不合格”的梦想

在某所小学的作文课上，老师给了全班小同学一个作文题目：我的志愿。

小朋友们非常喜欢这个题目，都纷纷书写自己的志愿。其中有一位小朋友，他希望将来自己能拥有一座占地十余公顷的美丽庄园，在辽阔的土地上植满绿茵。庄园中有无数可爱的小木屋、休息座椅以及一座休闲旅馆。自己是庄园的主人，前来参观的游客都可以分享自己的庄园。

不料，作文一经老师过目，作文本上立刻被划了一个大大的红“×”。作文本被发回到他手上，要求他重写。

小朋友仔细地看了自己所写的内容，并无错误，便拿着作文本去请教老师。

心灵感悟

梦想，合格与不合格，只有自己和时间有资格审阅。梦想是蝴蝶的翅膀，有了它才有了翩翩起舞的舞姿。心怀梦想，就算行若微尘，也会有让人惊艳的崛起。梦想是心灵的滋润，有了它才有了充实丰盈的人生。一个人有了梦想就会不懈地去追求，用不停歇的脚步实现人生的价值。

老师告诉他："我要你们写下自己的志愿，而不是这些如梦呓般、如镜中花般的空想，我要实际的志愿，而不是虚无的幻想，明白吗？"

小朋友不服气，撅着嘴据理力争道："可是，这就是我的志愿啊！"

老师也在坚持："这虚无的幻想是不可能实现的，我要你重写。"

小朋友依然不肯妥协："我很清楚，这才是我真正想要的。"

老师摇头："如果你不重写，我只能让你不及格了，你要想清楚。"

小朋友想都没想也跟着摇头，不愿重写，结果那篇作文被批改了一个大大的"E"。

事隔多年之后，这位老师已经白发苍苍。他带着一群小学生到一处风景优美的度假胜地旅行，在尽情享受无边的绿草、舒适的住宿以及香味四溢的烤肉之余，他看见一名中年人向他走来："我敬爱的老师，您还记得我吗？"

白发苍苍的老师仔细瞧了又瞧，摇头不语。

中年人呵呵笑道："老师，是我啊，那个作文不及格的学生。"

老师惊叹道："你怎么在这啊？我的孩子，真没想到会再见到你。"

"我履行对老师的承诺，我拥有了这座庄园。如同当初我在作文里描写的场景。"

"你不怪老师吗？"

"是您的否定，让我努力赢得了今天的成就。"

老师深深叹道："你的梦想，合格了。"

鲶鱼效应

挪威人在海上捕得沙丁鱼后，运往异地市场，价格会比死沙丁鱼高出好几倍。

但由于路途遥远，往往沙丁鱼运到半路就会死掉，很少有人能够将沙丁鱼活着运回来。只有一艘渔船每次都能成功地带回活的沙丁鱼，该船的船长因此赚了很多钱。

但是，人们向这位船长请教其中的诀窍时，他总是避而不答，他一直严守这个秘密。直到船长死后，人们打开他的船舱，才发现只是在鱼舱放了一条鲶鱼而已。

原来，由于鲶鱼来到一个陌生的环境后，会四处游动，而沙丁鱼对这样一个异已分子的加入深感不安，在危机感的支配下紧张地不停游动，在危机与运动中最大限度地发挥了生命的潜能，身体机能始终保持亢奋状态，所以才能够活着回到港口。

心灵感悟

这个故事中的“鲶鱼效应”在企业管理中的应用非常广泛，其主要方法与目的就是通过适当引进竞争机制，使内部产生危机感，从而更好地调动员工的积极性，促进员工潜能的发挥。人性生来堕落懒散，如果不能用言语敦促，使其成为有用的人，那么，就请在他身边放一条“鲶鱼”吧。

执着与奇迹

夏日当空，我一人在院子树下乘凉，抬头望天时，发现一张蜘蛛巨网，从屋檐到树枝，足足有一米的距离，蛛网从造型和面积来讲，精美宏大得简直是一个奇迹，尤其是在我看到那蜘蛛的体积是那么小巧之后，我更加欣赏这小东西的力量。于是我想，蜘蛛是怎样从树枝把第一根蛛丝拉到屋檐上的，难道是借风力，是自己摇摆到对岸的？蜘蛛有这样的智慧？我找了一根竹竿，故意把连接到屋檐的蛛丝弄断。我开始观察蜘蛛的反应。

蜘蛛做出反应，他首先发现自己的蛛网下垂了，在风中左右摇摆。蜘蛛接了一条蛛丝，开始下落到地面上。一步一步地向前爬，小心翼翼，翘起尾部，不让丝沾到地面的沙石或别的物体上。可院子地面上都是青草，蜘蛛的丝线很快被挂断了。它明显意识到这次会无功而返。于是转身爬到院子中间的树干上，爬了上去，继续在破网的下端垂丝而下。就这样，接二连三地重复被挂断，接二连三地爬回树上。一个下午，我都被这只小蜘蛛的行为吸引。

最后，我不忍看着这小东西太劳累，招呼了小儿子，让他把地上的草锄掉。

平时我总是把一些动物的奇特本领归于上天的赋予，原来奇迹是执着的结果。

心灵感悟

蜘蛛虽然不会飞翔，但它可以把网精致地结在半空中。它是勤奋、执着的昆虫，它的网编织得精巧而规矩，八卦形状张开，仿佛得到了神助，简直是一个奇迹。

抖落生命中的泥沙

在蔚蓝色的天空，有一群自由翱翔的大雁。冬天来了，他们正向南方迁徙。一只年轻的大雁一直精力充沛地前后飞翔，并且承担起了巡逻队伍的任务。

一只老雁劝阻他："孩子，这样你会很累，等不到下一站你就会筋疲力尽的。"

年轻的大雁自豪地说："我是雁群里最强悍的，我的体力充沛、体格健壮。"

到了休息地时，老雁又劝阻："好孩子，先别睡觉，梳理一下你的毛发，抖掉一路上藏在毛发里的沙子，不然下次飞行你会很累的。"

年轻的大雁吱唔着："我是最强壮的，一点泥沙的重量算得了什么。我要睡觉了。"

第二天，上午天气晴好，下午却乌云密布了。领头雁观看天象，

在生命的路途中，要学会随时休息，随时减压，以保证生命力的健康。不要小看一点点小伤、一点点小故障，小心驶得万年船，谨记"溃于蚁穴"。

判断出这场小雨根本影响不到雁群飞行，所以下令在雨中飞行。

谁知，一向体力极好的年轻大雁越来越觉得力不从心。等到雁群休息时，猛然发现这只大雁不见了。大家回去寻找，在一座小山头上发现了他的尸体。

老雁惋惜地解释说："他羽毛中的泥沙粘住了他的羽毛，以至于他的飞行姿态受到严重影响，导致坠落。"

价值和位置

有一次，黄鑫与朋友一起去听报告，入场券上写着：凭票入场，对号入座。借着昏暗的灯光，他们好不容易找到自己的位置：十三排十三号。可是那里正端坐着两位侃侃而谈的男士，朋友向他们出示了自己的入场券，其中一位男士只好说：“我们把前面第二排的两个好位置换给你们。”黄鑫连忙拽朋友的衣袖，因为迟到，他们刚刚还在为未购到前排票而懊恼。但是朋友非常固执，摆摆手说：“不，那不是我的位置！”男士无奈，不知扔下一句什么，悻悻地往前去了。

等他们坐下来之后，黄鑫问朋友：“为什么你不同意和他们换一下位置？要知道，那个位置比咱们这个要好得多。”这位朋友就给黄鑫讲了一个故事：

一个人去买鹦鹉，看到一只鹦鹉前标着：此鹦鹉会两门语言，售价二百元。

另一只鹦鹉前则标着：此鹦鹉会四门语言，售价四百元。

该买哪只呢？两只都毛色光鲜，非常灵活可爱。这人转啊转，拿不定主意。

结果突然发现一只老掉了牙的鹦鹉，毛色暗淡散乱，标价八百元。

这人赶紧将老板叫来：这只鹦鹉是不是会说八门语言？

店主说：不。

这人奇怪了：那为什么又老又丑，又没有能力，会值这个数呢？

店主回答：因为另外两只鹦鹉叫这只鹦鹉老板。

心灵感悟

这故事告诉我们，真正的领导人，不一定自己能力有多强，只要懂信任，懂放权，懂珍惜，就能团结比自己更强的力量，从而提升自己的身价。

相反许多能力非常强的人却因为过于完美主义，事必躬亲，认为什么人都不如自己，最后只能做最好的公关人员、销售代表，成不了优秀的领导人。

你将要登上你自己的顶峰

1920年的一天，美国一位12岁的小男孩正与他的伙伴们在户外踢足球，小男孩一个不小心将足球踢到了邻近一户人家的窗户上，“哗啦”一声窗玻璃被击碎了。

一位老人立刻从屋里跑出来，大怒责问是谁干的。其他小伙伴们纷纷逃跑了，小男孩却走到老人跟前，低着头向老人认了错，并请求老人的宽恕。然而，老人却十分固执，小男孩委屈地哭了。老人见状，同意小男孩回家拿钱赔偿。

回到了家里，闯了祸的小男孩怯生生地将事情的经过告诉了父亲。父亲并没有因为其年龄小就哄他，反而是板着脸沉思着一言不发。坐在一旁的母亲开始为儿子说情，开导着父亲。

过了好大一会，父亲冷冰冰地说道:“家里虽然有钱，但是你闯的祸，

心灵感悟

一个人意志力的强弱决定他在事业中将要达到的高度。学生年代，老师经常教育“一屋不扫何以扫天下”、“每天认真地叠好被子”等小事情，这也正是磨练一个人的意志力的做法。

就应该由你自己对过失行为负责。”父亲还是掏出了钱，严肃地对小男孩说：“这 15 美元暂时借给你赔给人家，但你必须想法还给我。”小男孩从父亲手中接过钱，飞快跑过去赔给了老人。

从此，小男孩一边刻苦读书，一边用空闲时间到餐馆里打工挣钱。由于他人小，不能干重活，就只能帮别人洗盘子刷碗，有时还捡捡破烂。经过几个月的努力，他终于挣到了 15 美元，并自豪地交给了父亲。父亲欣然拍着他的肩膀说：“好孩子，一个能为自己的过失行为负责的人，将来一定是会有出息的。这十五元作为奖励，是你的了。”

多年以后，这位男孩成为美利坚合众国的总统，他就是里根。后来，里根在回忆往事时，深有感触地说：“那一次闯祸之后，使我懂得了做人的责任。”

一滴焊接剂节省5万美元

福瑞德辍学后正好面临金融危机，几经周折，他终于在一家机械制造公司里找到一份工作。面试之后，他分到的岗位是最低档、最机械、最没有创造性的巡视，并确认他们制作的机械有没有自动焊接好。

福瑞德的工作是公司里最简单枯燥的活，他的朋友们听说他找到这样一份工作纷纷嘲笑他是没有出息的人。几番嘲笑之后，福瑞德也以为他是来错了地方，这样天天看着一个个制作好的机械太没有意思了。于是，他找到主管，要求调换工作。但是主管说：年轻人，刚来就要好好干，不要这山望着那山高。

福瑞德只好继续回到他的岗位，继续检查那些机械有没有自动焊

小事如果做不好，那么我们将会在大事情上烦恼与操劳。重视每一件小事，因为它能够避免许多大的麻烦；重视每一件小事，因为一个小小的改变很多时候能够带来翻天覆地的变化。所以，我们要善于捕捉自己的思想，善于思考问题，善于动手去实践，认真做好每一件小事，这样才会改变我们的学习和生活。

接好。福瑞德想了想，既然好工作轮不到自己，那就先把这份枯燥无味的工作做好，说不定还可以学到知识呢。

一天，例行检查中，福瑞德突然发现公司装有焊接剂的罐子每旋转一次，焊接剂滴落 39 滴，焊接工作便结束了。

福瑞德仔细观察几天后发现，焊接剂每次都是滴落 39 滴，他想为什么一定要用 39 滴呢？少用一滴行不行。福瑞德将自己的想法写下来，并认真测算试验，结果发现，焊接好一个机械，只需 38 滴焊接剂就足够了。福瑞德在最没有机会施展才华的工作上，找到了用武之地。他非常高兴，立刻向公司上层领导反应这个情况，并说明可以研究一个更为节省的焊接器，公司领导看完他的报告后，很震惊，并批准他参与新机器的研制过程。

福瑞德节省的只是一滴焊接剂，但就是这一小滴，却给公司带来价值不菲的利润。几十年后，福瑞德创办了自己的公司，有人问他成功的秘诀是什么？他笑着说：“重视每一件小事，我是从点滴做起的，对我来说，这就是成功的经验。”

放弃自卑，选择自信

我们必须有恒心，尤其要有自信力！我们必须相信我们的天赋是要用来做某种事情的，无论代价多么大，这种事情必须做到。

——居里夫人

20世纪30年代的时候，在英国的一个小镇里，有一个叫做玛格丽特的小姑娘。她在学校永远是最勤恳的孩子，是学生中的佼佼者，她以出类拔萃的成绩顺利地升入当时像她那样出身的学生绝少奢望进入的文法中学。

玛格丽特·希尔达·撒切尔夫人，1925年10月13日出生于英格兰肯特郡的格兰瑟姆。先后获牛津大学理科学士、文科硕士学位，1979年出任英国首相。她是英国历史上第一位女首相，而且创造了蝉联三届，任期长达11年之久的记录。她还是英国历史上第一个以其所推行的一套政策而被冠之以“主义”和“革命”的首相，有“铁娘子”的美誉。

玛格丽特17岁的时候，她开始明确了自己的人生追求——从政。然而，在那个时候，进入英国政坛要有一定的党派背景。虽然她出生于保守党派氛围的家庭，但是要想从政的话，还必须要有正式的保守党关系，而她了解到当时的牛津大学，就是保守党员最大俱乐部的所在地。她从小受化学老师的影响非常大，而大学学习化学专业的女孩子比其他任何学科都少得多，要是

选择其他的某个文科专业，那么竞争就会很激烈。于是，她决定考入牛津大学萨默维尔学院研习化学。

有一天，她终于勇敢地走进校长姬丽斯小姐的办公室，说："校长，我想现在就去考牛津大学的萨默维尔学院。"

姬丽斯校长难以置信，说："什么？你是不是欠缺考虑？你现在连一节课的拉丁语都没学过，怎么去考牛津大学？"

"我可以学习掌握拉丁语！"

"你才 17 岁，而且你还差一年才能毕业，你必须毕业之后再考虑这件事。"

"我可以申请跳级！"

"绝对不可能，并且，我也不会同意。"

"你在阻挠我实现自己的理想！"她头也不回地冲出了校长办公室。

回到家后，玛格丽特取得了父亲的支持，就开始了艰苦的备考工作。就这样，她竟然提前几个月得到了高年级学校的合格证书。之后，就参加了大学考试，并如愿以偿地收到了牛津大学萨默维尔学院的入学通知书。玛格丽特高兴地离开家乡，到牛津大学上学去了。

刚到牛津大学时，学校要求学 5 年的拉丁文课程。玛格丽特凭着

心灵感悟

首先要有自信，然后全力以赴——如果有这种信念，事情十有八九都能成功。年轻的玛格丽特小姑娘面对校长的质疑时没有屈服，因为她自信。就像爱默生说过的一句话："相信你自己的思想，相信你内心深处认为是正确的。"自信不是妄自尊大，它需要深厚的知识和经验积累作为坚强的基础。

自己顽强的毅力和拼搏精神，在一年内全部学完了，并取得了相当优异的成绩。其实，玛格丽特不光在学业上出类拔萃，她在体育、音乐、演讲及学校活动方面也颇有才艺。所以，她所在学校的校长也这样评价她说："她无疑是我们建校以来最优秀的学生，她总是雄心勃勃，每件事情都做得非常出色。"

四十多年后，这个当年对人生理想孜孜以求的姑娘终于得偿所愿，成了英国乃至整个欧洲政坛上一颗耀眼的明星，她就是连续4年当选保守党党魁，并于1979年成为英国第一位女首相，而且雄踞政坛长达11年之久，被世界政坛誉为"铁娘子"的玛格丽特·撒切尔夫人。

自信只需要一根支柱

发明家们全靠一股了不起的信心支持，才有勇气在不可知的天地中前进。

——巴尔扎克

英国一位年轻的建筑设计师，极其幸运地被邀请参加了温泽市政府大厅的设计。这个年轻人运用工程力学的知识，并根据自己的经验，非常巧妙地设计了只用一根柱子支撑大厅天顶的方案。

而一年后，当市政府请权威人士进行验收时，却对他设计的一根支柱提出了异议。他们一致认为，用一根柱子支撑天花板实在太危险了，要求他再多加几根柱子来维持平衡。

然而，这位年轻的设计师很自信，他说："只要用一根柱子，便足以保证大厅的稳固。"接着他详细地通过计算和列举相关实例加以说明，非常顽固地拒绝了工程验收专家们的建议。

年轻设计师的固执惹恼了市政官员，他险些因此被送上法庭。

于是，在万不得已的情况下，这位设计师只好在大厅四周增加了四根柱子。但是，这四根柱子全都没有接触天花板，其间相隔了不易察觉的两毫米。

时光如梭，岁月更迭，一晃就是300年。

在这300年的时间里，市政官员换了一批又一批，而市政府大厅坚固如初。直到20世纪后期，市政府准备修缮大厅天顶的时候，才发现了这个秘密。

消息传出后，世界各国的建筑师和游客都慕名前来，观赏这几根奇迹般的柱子，并把这个市政大厅称为“嘲笑无知的建筑。”最令人们称奇的是这位建筑师当年刻在中央圆柱顶端的一行小字：

“自信和真理只需要一根支柱。”

这位年轻固执的设计师就是克里斯托·莱伊恩，一个非常陌生的名字。今天，能够找到的有关他的资料实在是微乎其微，但在仅存的一点资料中，记录了他当时说过的一句话：“我非常自信，至少100年后，当你们面对这根柱子时，只能哑口无言，甚至瞠目结舌。我要说明的是，你们看到的并不是什么奇迹，而是我对自信的一点坚持。”

心灵感悟

坚持己见源于对自己有足够的信心，真理往往掌握在少数人手中，正确的事情需要你毫不动摇地坚持下去。总有一天，你会让质疑你的人哑口无言。有这么一句话，“冷漠的人，谢谢你们曾经看轻我。”

勇敢的代名词

胜利者的胜利来自于勇气，绝非是依靠蛮横的力量

——高尔基

波斯王薛西斯一世率领强大的军队从东边向希腊进军，他们沿着海岸行进，几天之后就会到达希腊。好战的民族、庞大的军队，这些都会让整个希腊陷入危险。希腊人下决心抵抗入侵者，保卫属于自己的美丽家园。

波斯的蛮横的军队只有一个途径，那就是从东边进军希腊，经由一个山和海之间的狭窄通道——瑟摩皮雷隘口。这个隘口狭窄，只允许少量人通过。所以有些斯巴达人建议堵住这个通道或者炸毁。

守卫这个紧要隘口的是斯巴达人将领——里欧尼达斯，他只有几千名士兵。

面对比他们强大许多的波斯军队，斯巴达人充满信心。经过两天的激战，里欧尼达斯率领士兵们仍然守着隘口。

但是那天晚上，一个希腊人出卖了一个秘密：隘口不是唯一的通路，有一条猎人打猎时走的长而弯曲的小路也可以通到山脊上。

叛徒的计划得逞了。守卫那条秘密小径的少量战士受到袭击，并且被击败了。几个士兵及时逃走，报告了里欧尼达斯。

面对如此严峻的形势，里欧尼达斯以大无畏的勇气制订了作战计划：他命令大部分军队偷偷从山里迂回到需要士兵保护的城市，隘口只留下300名。这样，这个隘口由兵力相对强大的斯巴达最精锐的皇家卫

兵保卫。

波斯人的攻击一波一波。因为隘口狭窄，所以波斯军队只能采用车轮战（小股作战）。斯巴达人坚守隘口，以他们的剑、匕首或拳头奋不顾身地和敌人作战。一次攻击，就会死几人，几次攻击下来，三百人死伤惨重。

从清晨到黄昏，这300名卫士都英勇战死，留下了一堆尸体，尸体上竖立着矛和剑，每个士兵都握紧自己的兵器，怒发冲冠。

薛西斯一世为了攻下隘口付出极为惨重的代价。希腊海军此时已经开始聚集起来，不久，他们成功地将薛西斯一世赶回了亚洲。

在许多年后，希腊人在瑟摩皮雷隘口竖起了一座神圣的纪念碑，碑上刻着这些斯巴达人勇敢保卫他们家园的纪念文：

“旅行者啊，停下急切的脚步，追念斯巴达人在此如何战死。此书。”

斯巴达人勇敢保卫家园的事迹流传至今，斯巴达人也因此成了勇敢的代名词。

心灵感悟

勇气，是世界上最伟大的精神药物。如果能让自己尽早展现出勇气，并带着勇气上路的话，那么任何事情都不能阻挡我们前进的坚定脚步。在前进的道路上，可能会遇到让我们心灰意冷的人事，但只要坚定属于自己的勇气，失败便只是暂时的，胜利最终会握在你手中。

关键时刻的“胆小鬼”

什么是勇敢呢？读完这个故事后，你就会找到答案。

中午放学的时候，杰克和罗伯特一起回家。在路口的转弯处，他们看见有人在那里打架。杰克非常感兴趣，对罗伯特说：“走，我们也过去瞧瞧吧！”

“不，”罗伯特摇摇头说，“我想我们最好别去参与那些事，我们还是回家吧，我们又不知道怎么调解。相反，如果我们再被卷进去就麻烦了。”

“那有什么呀？不敢去是吧？你真是一个胆小鬼！”杰克说着，看他不肯，就自己去了。罗伯特独自回家了。下午，他们又像平时一样去上学了。

但是，因为中午的事，杰克一见到他的同伴们，就说罗伯特是个

心灵感悟

真正的勇敢是捅掉“马蜂窝”呢？还是比赛谁爬得最高呢？或者是别人打架的时候，敢于去看热闹呢？都不是。坚持自己的想法，理智地看待问题，在关键时刻能够不顾自己的安危，对别人伸出援手，那才是真正的勇敢。

胆小鬼，他们还一起嘲笑他。罗伯特没有生气，因为他有自己的看法，他以为真正的勇气不是去做让别人责备的事，那样是不值得的，他只是不想做错事而已。

几天后发生了一件事，让大家对罗伯特改变了看法。那天，杰克和他的伙伴们一起去游泳，他不小心游到了深水区，回不来了。杰克拼命地喊救命，可都是白费力气，他的伙伴们——曾经叫罗伯特胆小鬼的男孩们很快都上了岸，却没有一个人去拉他一把。

杰克很快开始往下沉。此时，罗伯特赶到了，他赶忙脱下衣服，跳进水里。在杰克沉入水下的最后一刻，罗伯特抓住了他的手。罗伯特用尽全身的力气才把杰克拖到了岸上。杰克得救了。

事后，杰克和那些曾经叫罗伯特胆小鬼的孩子们，都感到十分羞愧。因为在关键时刻，他们中没有人比罗伯特更勇敢。

冒险的角马

在非洲的塞伦盖蒂大草原度假时，一位生物学家曾一连3小时坐在河边，看一小群角马如何鼓起勇气下河饮水。每年夏天，上百万只角马从干旱的塞伦盖蒂北上迁徙到马赛马拉的湿地，这群角马正是大迁徙

角马头上长着角，蹄子也很坚硬，可毕竟他们拥有的还是一颗食草的心。在我们人生的道路上，有时是需要一颗冒险的心的。

的一部分成员。

在这艰辛的长途跋涉中，格鲁美地河是唯一的水源。这条河与迁徙路线相交，对角马群来说既是生命的希望，又是死亡的象征。因为角马必须靠喝河水维持生命，但是河水还滋养着其他生命，例如灌木、大树和两岸的青草，而灌木丛还是猛兽藏身的理想场所。冒着炎炎烈日，焦渴的角马群终于来到了河边，狮子突然从河边冲出，将角马扑倒在地。涌动的角马群扬起遮天的尘土，挡住了离狮子最近的那些角马的视线，一场杀戮在所难免。

在河流缓慢的地方，又有许多鳄鱼藏在水下，静等角马到来。一天，生物学家看到28条鳄鱼一同享用一头不幸的角马。另一天，一头角马跛着一条腿，遍体鳞伤地从鳄鱼口中逃生。有时湍急的河水本身就是一种危险。角马群巨大的冲击力将领头的角马挤入激流，它们若不是淹死，就是丧生于鳄鱼之口。

这天，角马们来到一处适于饮水的河边，它们似乎对这些可怕的危险了如指掌。领头的角马磨磨蹭蹭地走向河岸，每头角马都犹犹豫豫地走几步，嗅一嗅，嘶叫一声，不约而同地又退回来，进进退退像跳舞一般。它们身后的角马群闻到了水的气息，一齐向前挤来，慢慢将“头

心灵感悟

生活中的你是否也像角马一样？是什么让你藏在人群之中，忍受着对成功之水的渴望？是对未知的恐惧，害怕潜藏的危险？还是你安于庸常的生活，放弃了追求？大多数人只肯远远地看着别人痛饮成功之水，自己却忍受干渴的煎熬。不要让恐惧阻挡你的前进，不要等待别人推动你前进，你必须起而行动。只有勇于冒险的人才可能成功。

马”们向水中挤去，不管它们是否情愿。如果角马群已经有很长时间没饮过水，你甚至能感觉到它们的绝望，然而舞蹈仍然继续着。

那天生物学家看了3个小时，终于有一只小角马“脱群而出”，开始痛饮河水。为什么它敢于走入水中，是因为年幼无知，还是因为渴得受不了？那些大角马仍然惊恐地止步不前，直到角马群将它们挤到水里，才有一些角马喝起水来。不久，汹涌的角马群将一头角马挤到了深水处，它恐慌起来，进而引发了角马群的一阵骚乱。然后它们迅速地从河中退出，回到迁徙的路上。只有那些勇敢地站在最前面的角马才喝到了水，大部分角马或是由于害怕，或是无法挤出重围，只得继续忍受干渴。每天两次，角马群来到河边，一遍又一遍重复着这一仪式。

一天下午，生物学家看到一小群角马站在悬崖上俯视着下面的河水，向上游走出100米就是平地，它们从那里很容易到达河边。但是它们宁可站在悬崖上痛苦地鸣叫，却不肯向着目标前进。

你的价值

这是一个规模很小的食品公司，生产资金只有十几万。但老板却很有信心，在单位的文化墙上写着要做这座城市辣酱第一品牌的豪言壮语，时刻激励着员工的信心。辣酱上市之前，老板寻思着给辣酱做宣传广告。他本来想在这座城市某个热闹的街头租一个超大的、显眼的广告牌，标上他们的产品，让所有从这里走过的人一下子都能注意它，并从此认识他们的辣酱。

但是当他和广告公司接触后，才发现市中心广告位的价格远远高于他的想象，他那小小的企业承担不起这天价的广告费。

可是他并没有失望，而是不停地到处打探，试图能发掘出哪里有便宜而且实惠的广告位置。经过反复寻找，他终于看好一个城门路口的广告牌。那里是一个十字路口，车辆川流不息，但有一点遗憾的是，路人行色匆匆，眼睛只顾盯着红绿灯和疾驶的车辆。在这里做广告很难保证有很好的效果。打探了一下价格：几万元。老板却很满意，于是就租

心灵感悟

放大你的价值，只能是你自己主动去创造一些价值，才能做到，别人是不会给你理想的价值的。

了下来。对于老板这个举措，员工们纷纷提出质疑，但老板只是笑而不答，仿佛一切成竹在胸。

旧广告很快撤下来，员工们以为第二天就能看到他们的辣酱广告了。然而，第二天，员工们看到广告牌上根本就没有他们的辣酱广告，上面赫然写着："好位置，当然只等贵客。此广告招租 88 万 / 全年。"

天哪，这样的价格该是这座城市最贵的广告位了吧。天价招牌的冲击力似乎毋庸置疑，每个从这里路过的人似乎都不自觉地停住脚步看上一眼。口耳相传，渐渐地，很多人都知道了这个十字路口上有个贵得离谱的广告位虚席以待，甚至当地报纸都给予了极大关注……

一个月后，"爽口"牌辣酱的广告登了上去。

辣酱厂的员工终于明白了老板的心计，无不交口称赞。辣酱的市场迅速打开，因为那"88 万 / 全年"的广告价格早已家喻户晓。"爽口"牌辣酱成为这座城市的知名品牌。老板把原先的口号擦去，换成了要做中国第一品牌的口号。

一位员工问他："我们还不是这个城市的第一品牌，为什么要换呢？"

老板意味深长地回答说："价值只有在流通中才能得以体现，但价值的标尺却永远在别人手中。别人永远不会赋予你理想的价值，你必须自己主动去做一块招牌，适当地放大自己的价值！"

纸片的命运

大学里，有一堂哲学课给我留下了深刻的印象，至今记忆犹新。

那是期中考试后的一天，班里的一个同学因为各门功课都考得一塌糊涂，所以忧心忡忡，在哲学课上无精打采。他的异常引起了哲学教授的注意，教授把他从座位上叫了起来，请他回答问题。教授拿起一张纸扔到地上，请他回答：这张纸有几种命运。

也许是惊慌，也许是心不在焉，那位同学一时愣住，好一会儿，他才回答："扔到地上就变成了一张废纸，这就是它的命运。"教授显然并不满意他的回答。教授又当着大家的面在那张纸上踩了几脚，纸上印上了教授沾满灰尘和污垢的脚印，然后，教授又请这位同学回答这张纸片有几种命运。

心灵感悟

一张纸片可以变成废纸扔在地上，被我们踩来踩去，也可以作画写字，更可以折成纸飞机，飞得很高很高，让我们仰望。一张纸片尚且有多种命运，更何况我们呢？命运如同掌纹，弯弯曲曲，然而无论它怎样变化，永远都掌握在我们自己的手中。

“这下这张纸真的变成废纸了，还有什么用呢？”那个同学垂头丧气地说。

教授没有说话，捡起那张纸，把它撕成两半扔在地上，然后，心平气和地请那位同学再一次回答同样的问题。

我们被教授的举动弄糊涂了，不知道他到底要说什么。

那位同学也被弄糊涂了，他红着脸回答：“这下纯粹变成了一张废纸。”

教授不动声色地捡起撕成两半的纸，很快，就在上面画了一匹奔腾的骏马，而刚才踩下的脚印恰到好处地变成了骏马蹄下的原野。骏马充满了刚毅、坚定和张力，让人充满遐想。最后，教授举起画问那位同学：“现在请你回答，这张纸的命运是什么？”

那位同学的脸色明朗起来，干脆利落地回答：“您给一张废纸赋予希望，使它有了价值。”教授脸上露出一丝笑容。很快，他又掏出打火机，点燃了那张画，一眨眼的工夫，这张纸变成了灰烬。

最后教授说：“大家都看见了吧，起初并不起眼的一张纸片，我们以消极的态度去看待它，就会使它变得一文不值。我们再使纸片遭受更多的厄运，它的价值就会更小。如果我们放弃希望使它彻底毁灭，很显然，它就根本不可能有什么美感和价值了，但如果我们以积极的心态对待它，给它一些希望和力量，纸片就会起死回生。一张纸片是这样，一个人也一样啊。”

斗志帮她要到钱

在西部草原的一个牧场里，有很多牧民。

有一次，一个牧民的女儿拉开了牧场主的帐篷。

牧场主很不高兴，狠狠地问道："你有什么事？"

那女孩声清气朗地回答说："我母亲让我向你要十块钱。"

心灵感悟

当你面对困难的时候，你应该如何处理呢？当别人对你不理解时，当你遭遇到挫折、失败时，当你感到一切都暗淡无光，却又无法找到解决途径时，你又该怎么面对呢？难道任随困难把你压倒吗？难道你就毫无对策，逃之夭夭吗？面对困难你能激励斗志，把不利因素转为有利因素吗？

拿破仑·希尔说："每种逆境都含有等量利益的种子。"你想想：在过去有些事情似乎有巨大的困难或不幸的经历，但它们却鼓舞着你去夺取属于你的成功和幸福。为什么呢？是你的斗志。是困难和不幸激发你的斗志，使你不但没有被打败，反而获得了更大的动力，从而取得新的成功。

“不行，你走吧。”

“行。”女孩答应着，可是一点也没有离开的意思。

牧场主非常生气地说：“我叫你回去，你听不懂吗？再不走，我让你难看！”

女孩还是应了一声“行”，但仍然原地不动地站着。

这下可真把牧场主气火了，他气急败坏地抓起羊鞭朝女孩走去。然而，那女孩脸上毫无惧色，不等牧场主走近，反而先朝着他踏前一步，凛然的眼神目不转睛地注视着凶神恶煞的牧场主，斩钉截铁地说道：“我母亲说了，无论如何都要拿到10块钱！”

牧场主一下子愣住了，细细地端详着女孩的脸，慢慢地放下了高举的羊鞭，从口袋里拿出了10块钱给女孩。

爱迪生

在 1914 年一个冬天的晚上，大发明家爱迪生的实验室在一场大火中化为灰烬，损失超过 200 万美元。短短的一个晚上，爱迪生一生的心血在浓烟滚滚的大火中付之一炬。

在大火猛烈燃烧的时候，爱迪生的儿子在浓烟和灰烬中发疯似地寻找父亲。他看见父亲正平静地看着火中的实验室。当爱迪生看见儿子就大声嚷道："查理斯，你母亲去哪里了，去，快去把她给我找来，她这辈子恐怕再也见不到这样的场面了。"

第二天清早，爱迪生看着一片废墟说道："灾难自有它的价值，瞧，这不，我们所有以前的错误都被大火烧得一干二净，感谢上帝，这下我们又可以从头再来了。"

火灾刚过三周，60 多岁的爱迪生就开始着手推出世界上第一部留声机。

心灵感悟

要是生命中的每一个我们所求的成功，只要付出极少的努力就可以达到预想目的的话，那我们将什么也学不到，而生命也将索然无味。

守住自己的底线

有一位武术大师隐居于山林中。

听到他的名声，人们都千里迢迢来寻找他，想跟他学些武术方面的窍门。

他们到达深山的时候，发现大师正从山谷里挑水。

他挑得不多，两只木桶里水都没有装满。

按他们的想象，大师应该能够挑很大的桶，而且挑得满满的。

《小船和渔翁》　梵高

渔翁坐在小舟上，好不悠闲。最关键的就是他只要他所需要的，而决不贪多。否则他不仅会很累，而且他的小船还会有倾覆的危险。

他们不解地问："大师，这是什么道理？"

大师说："挑水之道并不在于挑多，而在于挑得够用。一味贪多，适得其反。"众人越发不解。

大师从他们中拉了一个人，让他重新从山谷里打了两满桶水。

那人挑得非常吃力，摇摇晃晃，没走几步，就跌倒在地，水全都洒了，那人的膝盖也摔破了。

"水洒了，岂不是还得回头重打一桶吗？膝盖破了，走路艰难，岂不是比刚才挑得还少吗？"大师说。

"那么大师，请问具体挑多少，怎么估计呢？"

大师笑道："你们看这个桶。"

众人看去，桶里划了一条线。大师说："这条线是底线，水绝对不能高于这条线，高于这条线就超过了自己的能力和需要。起初还需要画一条线，挑的次数多了以后就不用看那条线了，凭感觉就知道是多是少。有这条线，可以提醒我们，凡事要尽力而为，也要量力而行。"

众人又问："那么底线应该定多低呢？"

大师说："一般来说，越低越好，因为这样低的目标容易实现，人的勇气不容易受到挫伤，相反会培养起更大的兴趣和热情，长此以往，循序渐进，自然会挑得更多、挑得更稳。"

挑水如同武术，武术如同做人。循序渐进，逐步实现目标，才能避免许多无谓的挫折。

不怕拒绝的推销员

有一位汽车推销员，刚开始卖车时，老板给了他一个月的试用期。29 天过去了，他一部车也没有卖出去。最后一天，老板准备收回他的车钥匙，请他明天不要来公司。这位推销员坚持说，“还没有到晚上 12 时，我还有机会。”

于是，这位推销员坐在车里继续等。午夜时分，传来了敲门声，是一位卖锅者，身上挂满了锅，冻得浑身发抖。卖锅者是看见车里有灯，想问问车主要不要买一口锅。推销员看到这个家伙比自己还落魄，就忘掉了烦恼，请他坐到自己的车里来取暖，并递上热咖啡。两人开始聊天，这位推销员问，“如果我买了你的锅，接下来你会怎么做？”卖锅者说，“继续赶路，卖掉下一个。”推销员又问，“全部卖完以后呢？”卖锅者说，“回家再背几十口锅出来卖。”推销员继续问，“如果你想使自己的锅越卖越多，越卖越远，你该怎么办？”卖锅者说，“那就得考虑买部车，不过现在买不起……”两人越聊越起劲，天亮时，这位卖锅者订了一部车，提货时间是 5 个月以后，订金是一口锅的钱。

因为有了这张订单，推销员被老板留下来了。他一边卖车，一边帮助卖锅者寻找市场，卖锅者生意越做越大，3 个月以后，提前提走了一部送货用的车。推销员从说服卖锅者签下订单起，就坚定了信心，相信自己一定能找到更多的用户。同时，从第一份订单中，他也悟到了一个道理，推销是一门双赢的艺术，如果只想到为自己赚钱，是很难打动客户的心的。只有设身处地地为客户着想，帮助客户成长或解决客户的烦恼，才能赢得订单。秉持这种推销理念，15 年间，这位推销员卖了一万多部汽车。这个人就是被誉为“世界上最伟大的推销员”的乔吉拉德。

心灵感悟

当你一次又一次地被拒绝时，请对自己说，我还有机会。并且坚信，成功就在下一个路口等你。

总有适合你的种子

十几年前有一名学习不错的女孩，由于没考上大学，被安排在本村的小学教书。由于讲不清数学题，不到一周就被学生们轰下了讲台。母亲为她擦眼泪，安慰她说，满肚子的东西，有人倒得出来，有人倒不出来，没有必要为这个伤心，也许有更适合你的事等着你去做。

后来，女儿外出打工。先后做过纺织工、市场管理员、会计，但都半途而废。然而，当女儿每次沮丧地回来，母亲总安慰她，从没抱怨。三十岁时，女儿凭一点语言天赋，做了聋哑学校的辅导员。后来，她又开办了一家残障学校。再后来，她在许多城市开办了残障人用品连锁店，这时的她，已是一位拥有几千万资产的老板了。

心灵感悟

一块地，总会有一种种子适合它。每个人，在努力而未成功之前，都是在寻找属于自己的种子。我们就如同一块块土地，肥沃也好，贫瘠也好，总会有属于这块土地的种子。你不能期望沙漠中有绽放的百合，你也不能奢求水塘里有孑然的绿竹，但你可以在黑土地上播种五谷，在泥沼里撒下莲子，只要你有信心，等待你的，将会是稻色灿灿、莲香幽幽。

一天，女儿问母亲，前些年她连连失败，自己都觉得前途渺茫的时候，是什么原因让母亲对自己有信心？

母亲的回答朴素而简单。她说：“一块地，不适合种麦子，可以试试种豆子；如果豆子也长不好的话，可以种瓜果；如果瓜果也不济的话，撒上一些荞麦种子一定能够开花。因为一块地，总会有一种种子适合它，也终会有属于它的一片收成。”

第三章
你的生命要靠自己去雕琢

人生的指路人

在一个小村子里有一个落魄的年轻人，家境贫困，没有读多少书就辍学了。他决心去城里，通过努力找一份工作，赚一大笔钱。可是他发现城里人没人看得起他，听到他的情况，没有店铺收他。

他决定要离开那座城市，但年轻人的头脑总是充满奇特想法。于是他给当时最有钱的银行家威尔斯写了一封信，写了很多自己的困苦遭遇，抱怨了命运对他的不公……

信寄出去后，他就一直在城市里闲逛，几天过去，他使完了身上的最后一分钱，启程返乡的日子也到了。

他收拾好行李，刚要出门，这时，房东说有他一封信，是银行家威尔斯写来的。在信中，威尔斯没有对他的遭遇表示出悲天悯人的情怀，而是在信中给他讲了一段故事，这段故事改变了他的一生：

在浩瀚无边的海洋里生活着形形色色的鱼类。而这些鱼都有一个共同点，那就是鱼的身体里必须有鱼鳔。鱼鳔能够产生浮力，使鱼能够自由控制身体的平衡，使鱼始终静止在自己适应的某一水层间。

除此以外，鱼鳔还能使鱼的腹腔产生足够空间，保护鱼的内脏器官，避免水压过大时，内脏受到损害。

所以，鱼鳔是鱼类极其重要的器官，它掌握着鱼的生死存亡。

但是，有一种鱼属于惊世骇俗的异类，它天生就没有鳔，但依然可以畅游海洋！

它在恐龙出现之前三亿年，就已在地球上存在，至今已经超过四

亿年，而且分外神奇的是，它在近一亿年里，身体上几乎没有改变。

它被誉为“海洋霸主”——鲨鱼！鲨鱼用自己的霸王风范、强者姿态，创造了无鳔一样畅游海洋、征服海洋的神话。

经过很多科学家研究，发现正是因为鲨鱼没有长鳔，一旦停下来，身子就会下沉。所以，它只能依靠肌肉的运动，永不停息地在水中游弋。这样就使鲨鱼保持了强健的体魄，炼就一身超凡的战斗力。

最后，威尔斯说：“这个城市就是一个浩瀚的海洋，你，现在就是一条没有鱼鳔的鱼……”

读完信的那晚，他躺在床上久久不能入睡，一直在想威尔斯的信。

在凌晨，他突然改变了决定。

旅馆刚开张，他便跑去跟旅馆的老板说，只要给他一碗饭吃，他可以留下来当服务生，一分钱工资都不要。

旅馆老板不相信会有这么便宜的劳动力，很高兴，就留下了他。而这个年青人心想，他不再去在乎自己的身份和学识，不再去抱怨生活的不公，更不去和老板讨价还价。他的心灵得到了洗礼，他的心胸变得开阔无比。

十几年后，他拥有了令全美国羡慕的财富，并且娶了银行家威尔斯的女儿，成为“城市海洋中”备受瞩目的人。

心灵感悟

与其每天仰天长叹，不如做一条永不停息奋力游动的鲨鱼，扬长补短，去开拓属于自己的强者之路，扫除自己人生道路上的荆棘。记住，上帝在关闭一扇门的时候，必将开启一扇窗。同样记住，人生的指路人，是你一生可遇不可求的财富，去倾听，去努力吧。

低头也是一种智慧

记得在我小的时候，我家的庭院前种了很多向日葵，而经过观察我发现这些向日葵总是低垂着头。于是我便突发奇想，找来了绳子和竹竿，把其中的一棵向日葵固定起来，让它昂首挺立，直面太阳。我幼稚地认为这样做就可以让向日葵不用转来转去了，这样也能够更好地吸收阳光，将来结出的果实也一定会更加饱满、更加香味四溢。

很快，炎热的夏天过去，凉爽的秋天到来，万物结实，漫山遍野一片成熟的繁华。向日葵也成熟了，我迫不及待地来到那棵被我关照过的向日葵跟前，我猜测它应该生出最饱满的颗粒。但结果让我感到沮丧，那棵向日葵空空如也，里面不但没有一粒饱满的籽，而且还散发出一股刺鼻的霉烂味。我十分不解地问父亲：“为什么昂着头朝上的向日葵会颗粒无收呢？它没有吸收阳光的滋养吗？”父亲摸着我的头，呵呵地笑着说：“傻孩子啊，向日葵的头一直朝上时，里面收集的多余的雨露排不出去，很容易滋生有害细菌，久而久之它就会霉烂掉，你是好心帮了倒忙啊。其实，

《向日葵》 梵高

灿烂娇艳的向日葵，并不因低垂着头而折损半点美丽。

转念一想，向日葵略微低头，一是为了表达对太阳的虔诚与敬意，二也是为了保护自己不受雨露的伤害。”

听了父亲的话后，我似懂非懂地点了点头。后来随着年龄的增长，我通过观察发现不只是向日葵，许多其他植物也都明白这个道理，比如，当麦子青涩的时候，它们总是昂首挺胸，一副无所畏惧的模样；可当它们成熟的时候，却总是谦逊地低垂着头，一副与世无争的样子。因为这样可以有效地避免被风雨折断的危险。

这时，我才恍然大悟，原来低头也是一种大胸怀、大境界、大智慧。

我有一个朋友，他一直奉行着“人善被人欺，马善被人骑”的处世原则，相信强硬的态度才是群体生存的重要工具。因此他为人处事十分强硬，天长日久，得罪了不少人，在单位里他很长时间内得不到领导的器重，同事也因他的强硬性格不怎么欢迎他。每次的升职与他无缘，提干也与他擦肩而过，混了好多年，还只是一个小职员。朋友为他担心，劝说他要改变自己，他和往常一样，冷冷地说：“我只是捍卫自己的权

心灵感悟

人处世间，总免不了两种行动姿态：昂首与低头。世界有风雨，人生有坎坷，昂首，就是无论何时你都要给自己一个希望，经受风雨才能看见彩虹，踏过坎坷你才能迎接成功。至刚易折，上善若水。做人不可无傲骨，但不可有傲心。君子之为人处世，犹如流水一样，善于便利万物，水性至柔，不与人纷争不休。因为他们明白，能低者，方能高；能曲者，方能伸；能柔者，方能刚；能退者，方能进。这也是这个故事所阐述的“低头”思想。

利而已啊，这有什么不对的吗？”

的确，这没有什么不对的，只是方式有问题。左宗棠有一句名言：“穷困潦倒之时，不被人欺；飞黄腾达之日，不被人嫉。”一个人应该懂得什么时候应该争取，什么时候应该放下，一味地委曲求全，那是一种懦弱；一味地趾高气扬则是一种愚昧。一个逞强好胜、傲慢无礼、不可一世的人，他很难得到别人的认可与肯定，也很难在事业上有所成就，不是在现实面前碰得头破血流，就是遭人排挤、孤立无援，郁郁不得志。

缺点永远在别人身上

有一天，天神和天使来到人间视察，看到森林里有很多奇怪的生物，于是问天使："它们为何不能和你长得一样美丽呢？它们这样的外表怎么能够开心呢？"天神指着这些郁郁寡欢的众生说："它们真的不开心呢。你能不能把它们变成和你自己一样美丽？"

天使说："可以啊，不过他们必须经过我的考验。"

于是天使幻化，神光四现，变身成一个樵夫。爬到最高的树上大声说："所有的动物们都听好，如果有谁对自己的相貌或形体不满意，

心灵感悟

认识不到自己的缺点，就永远无法改正。相反，正视自己的缺点，并且能够谅解别人的缺点，才是最美丽的天使。有时候，人们人云亦云，总是在数落别人，从不肯看看自己的缺点。或者总说别人"你从来不看自己身上的缺点"，却忘记了检讨自己。每个人都有缺点和弱点，但有的人能够治疗它们，有的人则在它们面前无能为力。成大事者的习惯是碰到缺点和弱点，就立即进行自我反省，分析其中的弊害，防止把一个缺点和弱点带入到行动的过程中去，伴己而行。这就叫明智！

在今天都可以提出来，我会尽力帮你们改正的。”

动物们都不相信眼前的人会这种魔法，但留下来凑凑热闹也好。

樵夫转身对爬上树枝的猴子说：“猴子，过来吧！你先说，你和他们比较之后，你认为谁最完美呢？你对自己的外形满意吗？”猴子回答说：“我觉得我的四肢完美，而且行动灵敏，相貌更是无可挑剔，所以我十分满意呀！不过要跟其他动物比较的话，我倒觉得黑熊老弟的长相又粗又笨的，如果我是他的话，这辈子我再也不要看见自己这副蠢模样了！”

这时，大熊步履蹒跚地走过来，大伙都认为他也会这么认为。但没想到他却开始吹嘘自己，不仅认为自己外表威武雄壮，还丝毫不知收敛的批评起大象。他说：“你们看一看大象老哥啊！虽然他十分壮硕，但是尾巴那么短，耳朵又太大，身体根本笨重得毫无美感可言！”大象听到大熊的这番话非常生气，但对于事实，他没有去辩驳，而是转了话锋批评起其他的动物：“以我的审美观来看，海中的鲸鱼比我肥胖多了，而蚂蚁则太过渺小呢！”

这时，正在扛着粮食的小蚂蚁笑道：“我是渺小的，在路上我总是绕着你们走的。但我并不觉得你们太大，也不怪你们挡住了道路。”

这时，樵夫在一阵白光中又变回天使的模样。动物们惊呆了。

美丽的天使叫住正要回家的蚂蚁，用纯净的声音道：“小蚂蚁，你被选作森林天使，希望这片森林里的动物都和你一样诚实、谦逊。”

说完，神光一现，直扑蚂蚁。等到神光消失时，一位俊美的少年出现在大家面前，还有那双洁白的翅膀正扇动着。

有，等于没有

在动物园里的小骆驼和骆驼妈妈生活得非常富足。

有一天，小骆驼问妈妈："妈妈呀，为什么我们的睫毛那么的长呢？其他小动物都来吹我的眼睛，还用手碰我的睫毛。"

骆驼妈妈回答："当风沙来的时候，长长的睫毛能够挡住风卷起来的沙子，这样我们就能在风暴中辨别方向。有了睫毛，就等于给我们的眼睛加了一层过滤帘子。"

小骆驼又问："妈妈呀，为什么我们的背上有那么个东西，丑死了！其他同龄的小动物都笑话我，说我驼背。"

骆驼妈妈说："他们都不懂。这个叫驼峰，可以帮我们储存大量的水和养分，它可以让我们能在沙漠里耐受十几天的无水无食条件。"

小骆驼又问："妈妈呀，为什么我们的脚掌那么厚？"

天生我才必有用，可惜现在没人用。每个人的潜能是无限的，关键是要找到一个能充分发挥潜能的舞台。现今，有很多朋友会抱怨自己"生不逢时"，这只是制造空气中的文字垃圾而已。时代是江河，生命是泥沙，泥沙只有在河水里才会体会到生命沉浮的意义。

骆驼妈妈说:“那可以让我们重重的身子不至于陷在软软的沙子里，便于长途跋涉啊。你看那些没有厚厚脚掌的动物，小鹿们、小鸵鸟们，他们到了沙漠是寸步难行的。”小骆驼高兴坏了：“哗，原来我们这么有用啊！可是妈妈，为什么我们还在动物园里，不去沙漠远足呢？”

骆驼妈妈想起自己的孩子再不能远足浩瀚的沙漠，心里不禁叹道：“有了这些，又有什么用！”

每天三省吾身

曾子，名参，字子舆，是孔子弟子中以注重修身著称的优秀弟子，他检查自己的重点是道德修养与治学。他要求做事必须对自己、社会、朋友负责任。他勤于求学，永不懈怠。

曾子还是个经常反思自己的人。他有一句名言叫“君子一日而三省”。这句话的意思是“我每天多次自我反省：为别人办事有没有竭尽全力呢？和朋友交往有不诚实的表现吗？老师教的东西有没有去复习呢？”“三省”这段话语言质朴、语气真诚，表现了说话人正直的品格和坚定不变的信念，成为后人修身的典范。

有一次，曾子的夫人到集市上去赶集，他的儿子哭着喊着也要跟着去。母亲对孩子说：“你先回家呆着，待会儿回来后杀猪给你吃。”

心灵感悟

在我们的生活行为中，有很多是可以影响他人的行为，所以在一些行为行动中应该学习“曾子”的“三省”，尤其是老师、长辈、领导这些群体。每天反省自己，对自己一天的行为做一个深层次的检查，不断发现和改正自己的缺点，认识和发扬自己的长处，并不断激励自己，超越自己，从而让自己的人生之路走得更稳、更好，也更扎实。

曾子的夫人从集市上回来，就看见曾子正要捉小猪去杀。她劝阻说：“我只不过是跟孩子开玩笑罢了，哄他不哭的。”曾子说：“夫人，这是不能开玩笑的啊！小孩子没有成熟的思考力和判断能力，父母的行为举止都会潜移默化影响孩子，对孩子以后造成巨大影响。现在你在欺骗他，这就是教育咱们的孩子骗人啊！母亲欺骗儿子，儿子就不会再相信自己的母亲了，这样的教育方法不是正确方法啊。”于是曾子坚持自己的意见，把猪给杀了，煮了之后给儿子吃掉了。

停止反省，等于停止进步

《大禹像》

禹，姒姓，夏后氏，名文命，号禹，后世尊称禹王，是黄帝轩辕氏玄孙。尧时被封为夏伯，史称伯禹、夏禹。夏禹就是文中所说的伯启的父亲。

在夏朝，背叛夏禹的诸侯有扈氏率兵入侵，夏禹于是派他的儿子伯启去平息暴乱，结果伯启大败而归。他勇猛的部下很不服气，要求继续进攻叛贼。但是伯启淡定地说：“不必了，我兵多将广，土地更是不知胜过有扈氏多少倍，却被他打败了。我反省过，这一定是我的德行不如他，兵法研习不如他的缘故。从今天起，我一定要努力改正，让周邦之国、反叛之贼全都拜服我的品德。”

从那以后，伯启每天很早就起床工作，粗茶淡饭，衣着朴素，修桥铺路，任用有才干的人，尊敬有品德的人。一年之后，有扈氏知道了，不但不敢再来侵犯夏禹，反而自动投降了。

伯启明白，不战而屈人之兵就是要以德服人。当军队众多但不能战胜弱小军队时，首先就要反省自己，是不是兵法或品德上的过错，这样军队实力就会一直得到提升。而一旦不去反省过错，将错就错，

则害人害己。

人生的路很长。一个人走路时，必须不时回过头来看看自己的脚印，经常反省自己。人总是要犯错误的，有时候无意间说错了话，做错了事，伤害了别人，自己心里也很难受，很不是滋味。这其实就是在反省自己，这种精神负担有助于自己在新的一天里努力不要说错话，不要做错事。

当然，我们不是圣人，我们不可能不说错话不做错事。每个人都或多或少存在着一些错误和缺点，这些错误和缺点就如同一个房间的灰尘和污垢一样，只有及时打扫和清洗，才能保持房子的清洁和鲜亮。

心灵感悟

在生活中会遇到各种失败或挫折，假如都能像伯启这样，肯虚心地检讨自己的错误，马上改正所看到的缺点，这样不停地提高自己，那么最后的成功一定是属于你的。

承认犯错，才会有机会补救

很小的时候，我们就听过这样一个故事：

那年弗斯才八岁，有一天，他跟着爸爸到姑妈家去做客。

表兄弟表姐妹见到弗斯都高兴极了，都要拉着他一起去玩。

他们玩了孩童时期的各种游戏，快要玩疯了。但，当他们在房间里玩捉迷藏时，弗斯想躲到桌子底下，不小心碰到了桌子，桌子上的一只花瓶掉下来，打碎了。表兄弟表姐妹们正玩得起劲，谁也没有注意到弗斯的举动，几个人还是互相追赶着。

弗斯的姑妈听见声音，跑到屋里一看，地面上都是花瓶的碎片，

犯错很容易，承认错误却很难，当然，这里的错误并非绝对的错误，所以，想要承认这样的错误更加难，因为每个人都有自己的说辞，想要承认自己的观点想法是不对的无疑是在抽打自己的嘴巴，所以推卸责任或不承认错误成了每个人的选择。在错误的事情发生后，逃避、隐瞒都只会使自己的心灵受到伤害，使事态朝着更加恶劣的方向发展。所以只有承认了错误，才能名正言顺地获得帮助。正所谓“苦海无边，回头是岸。”

就问："这是谁打碎的？"表兄弟表姐妹都说："不是我！"弗斯也低声道："也不是我。"

姑妈玩笑着说："那一定是花瓶自己打碎的。"大家都笑起来，只有弗斯没有笑，他心里很不是个滋味。

回到家里后，弗斯吃饭时闷头不语，饭后躺在床上不说话。妈妈问他为什么不高兴，弗斯把打碎花瓶的事告诉了妈妈。

妈妈说："孩子，你自己犯错了，心里很难过吧？那就给姑妈道歉吧。"妈妈叫他写信给姑妈，去承认自己说了谎。

弗斯多么希望获得姑妈的原谅，而且他发誓再也不说谎。这些天，他深深地体会到说谎后的滋味是多么的不好受。

几天后，邮递员送来了姑妈的回信。姑妈在信上说："你做错了事能自己认错，就是个诚实的孩子。信中，你说怕得不到原谅，我的好孩子呀，如果你不承认自己的错误，那么永远不能补救过错。"

千万别当做“空仓”

在浩渺遥远的大海上，一艘货轮在老船长的带领下顺利完成了任务，卸货后返航。就在归途中，天色渐渐阴霾，强风卷着浪花扑向船身，大风暴即将来临。这时，年轻的船员们都惊慌失措了。经验丰富的老船长果断下令：“打开所有空货舱，立刻往里面灌水。”

年轻水手更加慌乱了。他们担忧地说：老船长是不是吓糊涂了，往船里灌水不是险上加险么，这不是自找死路吗？

老船长镇定地解释道：“你们见过根深干粗的树被暴风刮倒过吗？被刮倒的都是没有根基的小树。”

心灵感悟

人生何尝不是这样呢？那些胸怀大志、博学多识的人，沉重的社会责任感、家庭责任感时时刻刻压在他的心头，因此人生的脚步更加坚稳，从岁月和历史的风风雨雨中坚定地走了出来。而那些得过且过的轻松人，像一个没有盛水的空木桶，小小的一场人生风雨便会把他们彻底地打翻了。

记住，给我们自己加满“水”，使我们负重，虽然辛苦，但“劳其筋骨”者，才能成大事。

水手们仍然不确定这样做是否正确，半信半疑地照着做了。风暴来临了，惊涛骇浪让船只如一叶扁舟，左右摇摆的厉害。但随着货舱里水位越来越高，货轮也渐渐地平稳了。

这只船在老船长的带领下成功返航。下船后，老船长告诉那些年轻的水手："一只空木桶很容易被风打翻，如果你把它装满水，风是吹不倒的。船在负重的时候才是最安全的；空船的时候才是最危险的时候。"

致富之道

有来自三个不同国家的三个罪犯在同一天被关进监狱。碰巧他们在同一间监狱里，而且都是有期徒刑三年。

美国人说："人生就是用来挥霍的。弟兄们，我这辈子都不会后悔了，我抢了酒馆里最名贵的酒。我的美酒啊，我的一生都是这样轰轰烈烈的。三年之后，我还是风流人物。"

法国人说："人生如爱。看我的爱如利剑，插入情敌软肋；看我的爱如光芒，让我心爱的女人披上荣光。"

只有犹太人不吭声，静静地坐在板凳上画着什么图形。

两人看不惯犹太人不可一世的态度："你这人怎么进来的，犯了什么罪？"

犹太人淡淡说道："不会享受。"

两人十分郁闷："不会享受也是犯罪？"

监狱长过来，横眉竖眼地把美国人和法国人推到一旁，温和地对衣着破烂的犹太人说道："请问，先生，您还有什么吩咐吗？只要不过分，我们都会尽量满足您的。"

犹太人说："一部电话。但是请允许我帮助一下这两位狱友，满足他们每人一个请求吧。"

美国人和法国人惊呆了，摸不清眼前这个体型瘦弱的犹太人到底是个什么人。

美国人爱喝美酒，于是要了三箱名贵的酒。

法国人最浪漫，要一个美丽的女子相伴。

三年过后，第一个冲出来的是美国人。他醉醺醺地大喊道：“喝，来，喝酒。”

接着出来的是法国人。只见他手里抱着一个小孩子，美丽女子手里牵着一个小孩子，肚子里还怀着第三个。

最后出来的是犹太人，他紧紧握住监狱长的手说：“这三年来我每天与外界联系，我的生意不但没有停顿，反而增长了200%，为了表示感谢，我送你一辆劳斯莱斯！”

心灵感悟

什么样的选择决定什么样的生活。今天的生活是由三年前我们的选择决定的，而今天我们的抉择将决定我们三年后的生活。我们要选择接触最新的信息，了解最新的趋势，从而更好地创造自己的将来。

有一块钱，也要变成 100 万

创富是一门科学，也是一门艺术。在市场经济社会里，机会总是偏爱那些有头脑、有智慧的人。一元钱在多数人的手里就是等值的一元钱，但在某些人的手里，经过不长的时间就能变成百万元。市场无情，谁的脑子转得快、灵活运用得快，财富就会垂青谁。

去海南打工的张先生，经过一段时间的寻找，也没有找到合适的工作，带去的钱花得所剩无几了，无奈的他只好决定回家。到了火车站，他翻遍身上所有的钱，数了数，递给了售票员。巧的是，除了买一张回家的火车票外，还剩 1 元钱。他边思索着边登上了火车，禁不住望望身边迅速膨胀的都市和充满着各式欲望的人群，心潮澎湃，思绪万千。在火车即将开动的一刹那，他又退了回来。

美元也有贬值的时候，希望我们的自尊、自爱任何时候都不会贬值。

张先生握着那1元钱，来到一家商店的门口。他花5角钱买了一支彩笔，5角钱买了4个包装香烟的纸箱子。然后，他从商店里借了一把剪刀，把4个纸箱子裁成大小不等共24张牌子。在火车站的出口，他举起一张牌子，上面写着“出租接站牌（2元）”几个字，结果很多来接站的人都租他的牌子用。他用赚来的钱饱餐了一顿，而且口袋里还剩了40元钱。

一个月后，张先生的“接站牌”生意由先前的4个纸包装箱子发展为40块用镀锌板做成的可调式“迎宾牌”，每天的收入都在200元左右。三个月后，他在火车站附近租了一间房子，手下有了一个帮手。后来，他用出租“迎宾牌”挣来的3万元，在公园附近开了家鲜花寄送店，生意甚是红火。干了不到四个月，他又承揽了鲜花批发业务。就这样，在一年的时间里，他将1元钱变成了100万元。

心灵感悟

类似这位张先生的创富故事如今并不稀奇，因为我们已经步入瞬息万变的知识经济时代，即知识、头脑、智慧发生“核裂变”的时代。不论是谁，只要你善于运用知识、头脑和智慧，你的1元钱在很短的时间内就会获得100万元的回报。

自己是永不贬值的

在某所大学的一次讨论会上，一位著名的演说家到场演讲。他手里高举着一张 20 美元的新钞票。对会议室里的 300 个人问："谁要这 20 美元？"

一只只手举了起来，无一例外。

他接着说："我打算把这 20 美元送给你们中的一位，但是在这之前，请准许我做一件事。"他说着将钞票揉成一团，又狠狠捏了捏，然后问："有谁还要？"

仍有人举起手来。

他又说："那么我还要继续做一件事，假如我这样做你们又会怎

心灵感悟

人生路上，我们会无数次被自己的决定或碰到的逆境击败、欺凌甚至伤害到体无完肤。那时，我们觉得自己一文不值。但无论发生什么，或将要发生什么，在上帝的眼中，你们永远不会丧失价值。在他看来，肮脏或洁净，衣着齐整或不齐整，你们依然是无价之宝。生命的价值不依赖别人的所作所为，而是取决于我们本身！我们是独特的——永远不要忘记这一点。

么样呢？”他把钞票扔到地上，又踏上一只脚，并且用脚使劲碾它。然后他拾起钞票，钞票已变得又脏又皱。现在谁还要吗？

仍然有人举起手来，尽管不多。

“恭喜这几位朋友，你们都将获得20美元的奖励。这是对你们执着和智慧的奖赏。朋友们，你们已经上了一堂很有意义的课。无论我如何对待那张钞票，你们还是想要它，因为它并没贬值，它依旧值20美元。”

适合的位置

迈克在求学方面一直遭遇失败与打击，高中未毕业时，校长对他的母亲说：“迈克或许并不适合读书，他的理解能力差得让人无法接受。他甚至弄不懂两位数以上的计算。”

母亲很伤心，她把迈克领回家，准备靠自己的力量把他培养成才。可是迈克对读书不感兴趣，为了安慰母亲，他也试着努力学习，但是不行，他无论如何也记不住那些需要记忆的知识。

一天，当迈克路过一家正在装修的超市时，他发现有一个人在超市门前雕刻一件艺术品，迈克产生了兴趣，凑上前去，好奇而又用心地观赏起来。

不久，母亲发现迈克只要看到什么材料，包括木头、石头等，必定会认真而仔细地按照自己的想法去打磨和塑造它，直到它的形状让他满意为止。母亲很着急，她不希望他玩弄这些东西而耽误学习，迈克不得不听从母亲的吩咐继续读书，但同时又从不放弃自己的爱好，

才华有，适合的平台不一定有。我们不能干坐着等伯乐来寻找，我们更该主动去找伯乐，去找一片新的天地。

他一直想要做得更好。

最终，迈克还是让母亲彻底失望了，没有一所大学肯录取他，哪怕是本地并不出名的学院。母亲对迈克说：“你走自己的路吧，没有人会再对你负责，因为你已长大！”迈克知道在母亲眼中他是一个彻底的失败者。他很难过，决定远走他乡去寻找自己的事业。

很多年后，市政府为了纪念一位名人，决定在市政府门前的广场上放置名人的雕像。众多的雕塑大师纷纷献上自己的作品，以期望自己的大名能与名人联系在一起，这将是难得的荣耀和成功。

最终，一位远道而来的雕塑师，获得了市政府及专家的认可。

在开幕式上，这位雕塑大师说：“我想把这座雕塑献给我的母亲，因为我读书时没有获得她期望中的成功，我的失败令她伤心失望。现在我要告诉她，大学里没有我的位置，但生活中总会有我一个位置，而且是成功的位置，我想对母亲说的是，希望今天的我至少不会让她再次失望。”他就是迈克。

断箭

在战国时代，一位将军父亲带领他的儿子出征打仗。

面对敌军的次次袭扰，一阵号角吹响，战鼓雷鸣，父亲虔诚地托起一个箭囊，箭囊里插着一只箭。父亲郑重对儿子说："孩子，这是家传的宝箭，配带身边，会赐予你无穷的力量！但千万不可抽出来！"

那是一个极其精美的箭囊，厚牛皮，箭囊底部镶着幽幽泛光的金边儿，再看露出的箭尾更是珍奇。一眼便能认定这是用上等的孔雀羽毛制作的，箭杆是上好的红木做成的。儿子喜上眉梢，贪婪地推想箭杆、箭头的模样，身上仿佛生出无穷力量，出阵将敌军杀的落花流水。这一切都像是神箭示威，敌军的千军万马都被射杀退却。

心灵感悟

把胜败的希望寄托在一只箭上是多么愚蠢的事情啊。当一个人把生命的核心与把柄交给别人，又多么危险！比如把全部希望寄托在儿女身上；把全部幸福寄托在丈夫身上；把全部生活保障寄托在单位身上，是多么被动、不明智的举动。

相信自己才是一只箭，若要它坚韧，若要它锋利，若要它百步穿杨，就必须磨砺它，保证自己不是一只断箭。

但是，当父亲下令鸣金收兵的号角吹响时，儿子再也禁不住得胜的自豪，完全忘记了父亲的叮嘱，强烈的好奇心促使他“呼”的一声就拔出宝箭，试图看个究竟。骤然间他惊呆了。

一只断箭，箭囊里竟然装着一只折断的箭。

“我一直背着这只断箭打仗呢！”儿子吓出了一身冷汗，意志顷刻间就像是失去支柱的房子，轰然坍塌了。

在撤退时，他惨死于乱军之中。

漫漫硝烟随风去，戈壁血腥冉日红。父亲带领将士视察战场，来到了儿子身边，拣起那柄断箭，冷冷地道：“不相信自己的意志，永远也做不成将军。”

自信最美

莉莉是个总爱低着头的小女孩，她一直觉得自己长得不够漂亮，所以她不敢抬起头来，总是用刘海挡住自己的脸庞。

有一天，她到饰物店去，看中了一只蝴蝶发饰，于是兴奋地把它戴到头发上。她在镜子前走来走去，白皙的脖子和拨浪鼓似的头左右摇晃，快乐得像个小公主。这时店主来到她身边，她看到有人过来，急忙把蝴蝶发饰摘了下来，垂下头，用橘黄色的头发遮住了脸庞。

店主说："您戴上蝴蝶结挺漂亮，就像一个小公主。"莉莉不相信，她认为店主只是为了想把蝴蝶结卖给自己才夸赞自己美丽的。

店主一再坚持，夸赞莉莉的气质独特，眼睛有神……终于，莉莉相信了店主，买下了头饰，昂起了头。她活蹦乱跳，像一只小梅花鹿，出门与人撞了一下都没在意。

莉莉走进教室，迎面碰上了她的老师："莉莉，你昂起头来真美！"老师爱抚地拍拍她的肩说，还抚摸了一下她的头发。

自信原本就是一种美丽，而很多人却因为太在意外表而失去很多快乐。无论是貌若天仙，还是相貌平平，只要你昂起头来，自信会让你变得魅力十足。

那一天，莉莉得到了许多人的赞美。她想，这一定是蝴蝶结的功劳，蝴蝶的精灵让别人的眼睛变得不真实了。可是回到家以后，她往镜前一照，惊讶地发现：头上根本就没有蝴蝶结，一定是出饰物店时与人一碰弄丢了！

自己的菩萨

有一天，一个人在屋檐下躲雨，忽然看到观音走过。他大为惊叹，随即上去说："众生的神，观音菩萨，普度一下众生，带我一段吧？我对您很虔诚的。"

观音看都没有看他，说："我在雨里，你站在檐下，檐下无雨，尔非需要我度之人。"

谁知，一听这话，这个人马上跳出檐下，全身暴露在雨里，说道："我也在雨中了，菩萨可否度我？"

观音又说："你在雨中，我在雨中，我不被淋，因为有伞；你被雨淋，因为无伞。所以不是我度自己，可见是伞度我。此刻，尔不必找我，请自找伞去！"说完便消失在烟雨朦胧处。

过了几个月，这人遇到了难以解决的事情，便去寺庙里求观音菩萨指点。走进庙里，才发现观音的像前也有一个人在拜，那个人长得和殿堂上供着的观音一模一样。

这人就问："你是观音吗？"

那人便道："我正是观音。"

这人又问："那你为何要拜自己呢？"

观音菩萨道："我也遇到了难事，但是，我知道，求人不如求己。"

在激烈的社会竞争中会遇到很多自认为解决不了的事情。但，请不要轻易地接受别人的帮助，获得现成的利益。相信自己，自己就是自己的"菩萨"。

细微之处见精神

美国总统奥巴马的文学修养很高，他很喜欢一些文学性极高、一般人很少涉猎的著作，并从中汲取知识和灵感。在奥巴马总统眼里，似乎任何细枝末节都具有特别重要的意义。

富兰克林·罗斯福（1882～1945年），美国历史上唯一蝉联四届（第四届未任满）的总统。罗斯福在20世纪的经济大萧条和第二次世界大战中扮演了重要的角色。被学者评为是美国最伟大的三位总统之一，同华盛顿和林肯齐名。

有一次，他带着小女儿去看望孤儿院的孤儿。奥巴马在一群孩子中看到一个小女孩只顾低着头抱着她的布娃娃，他走过去一看，才发现那个小女孩正发着高烧，便立刻吩咐人把她送到医院治疗，幸亏奥巴马总统发现得及时，不然这个小女孩就会出现生命危险。就任总统后，他发现白宫的草坪上长出了蟋蟀草，便亲自告诉园丁把它除掉，而且还和夫人米歇尔常常为白宫的日常开支提出合理的意见。身为总统，奥巴马事无巨细的风格非但没有被美国人指责，反倒更加丰满了

他的形象。

美国很多位总统在细节方面也毫不逊色。其中，富兰克林·罗斯福总统是凭借惊人的记忆力来记住诸多细枝末节的。

珍珠港被袭击后，美国参与第二次世界大战，有一条船在日本列岛附近突然沉没，沉没的原因是鱼雷袭击还是触礁一直没有结论。报告提交上来后，在讨论中，罗斯福认为触礁的可能性更大，为了让其他人相信他的想法，他竟然一字不漏地背诵出了日本列岛附近海岸线涨潮的具体高度以及礁石在水下的确切深度和位置。背诵完之后，大家都为这个身残志坚的总统所感动。

心灵感悟

生活中的一切都是由细枝末节构成的，而这些往往最容易被人忽视，这些不起眼的细节，看在眼里便是风景，握在掌心便是花朵，揣在怀里便是阳光。细小的事情往往发挥着重大的作用。关注细节的人是对生活认真、对工作负责、对自己严格要求的人，这种人通常能够取得极大的成功。这些细微之处的记忆不但要求一个人投入兴趣，还要求他将心放进去，培养一颗细腻而有耐性的心。

拿破仑与小鼓手

在拿破仑的传记中，记载着这样一个小故事：

那是在马仑哥战役前夕，在帐篷里，拿破仑凝视着面前摊开的一张意大利地图。他用力地把四枚图钉按在地图上，然后一边挪动钉子，一边思考着什么。

一会儿，拿破仑自言自语地说："现在一切都好了，我要在这儿抓住他！"

"抓住谁？"身旁的一个军官问道。

"莫拉斯——奥地利的老狐狸！他要从热那亚返回，路过都灵，回攻亚历山大里亚。我要渡过波河，在塞尔维亚平原迎着他，就在这里打败他。"拿破仑的手指向马仑哥。

但是，马仑哥战役打响后，法军受到敌军强有力的抵抗，竟只有招架之功，拿破仑精心策划的胜利眼看要成为泡影了。

就在法军败退的时候，拿破仑手下的将领德萨带着大队骑兵驰过田野，停在拿破仑站着的山坡附近。队伍中有一个小鼓手，他是德萨在巴黎街头收留的流浪儿，在埃及和之后的历次战役中一直在法军中作战。

在军队站住时，拿破仑就朝小鼓手喊道："击退兵鼓。"

这个流浪儿却没有动。

"小流浪汉，击退兵鼓！"拿破仑再次吼道。

"小流浪汉，听到没有？击退兵鼓！"

流浪儿拿着鼓捶向前走了几步，朗声说道："啊，大人，我不知道怎么击退兵鼓。德萨大人从来没有教过我。但是，我会击进军鼓，是的，我可以敲进军鼓，敲得让死去的人都排起队来。我在金字塔敲过它，在泰伯河敲过它，在罗地桥又敲过它。啊，大人，在这里我可以也敲进军鼓吗？”

拿破仑很无可奈何地转向德萨："我们吃败仗了，现在可怎么办呢？"

“怎么办？打败他们！要赢得胜利还来得及。来，小鼓手，敲进军鼓，像在泰伯和罗地桥一样地敲吧！”

过了不一会儿，队伍随着德萨的剑光，跟着小鼓手猛烈的鼓声，向奥地利军队横扫过去，这一次他们把敌人打得一溃千里。

德萨在敌人的一排子弹中倒下了，但是队伍并没有动摇，而是继续前进。当炮火消散时，人们看到那小流浪儿走在队伍最前面，他笔直地前进着，激昂的进军鼓仍在敲响。他越过死人和伤员，越过堡垒和战壕，他的脚步从容不迫，鼓声是那么的激昂有力，他以自己勇敢无畏的精神开辟了胜利的道路。

心灵感悟

从来不会想到后退，坚定地前进，坚信自己终会胜利，这将化为巨大的动力，让你的梦想变成现实。因此，坚定信念是成功的关键。如果你有了勇敢无畏的信念，你离成功也就不远了。

直面人生困境

有这么一位不算年轻的朋友，给我讲了这样一个他亲身经历的故事：

在他 10 岁时，父亲在意外事故中不幸失去了一条腿。在医院里，看着哭得死去活来的他，父亲对他笑着说："哭什么？这一来不是更好吗？以后你只要擦一只皮鞋就够了。"

从那一天起，他真正从一个人身上发现，天塌下来，却可以把它当成被子盖，这个人就是他父亲。长大后，他经过几年的艰苦创业，终于成为一个成功的商人。

在父亲60岁生日那天，他手捧着一只破旧但洁净的皮鞋，对父亲说："这是我珍藏多年的无价之宝，爸爸，我谢谢您！"

父亲看见20年前的那只皮鞋，顿时老泪纵横，然后语重心长地说："儿子，我没有白丢一条腿啊，值得啊！"

心灵感悟

困苦常常会降临到我们身边，不断地丰富我们原本枯燥的人生。艰难险阻是人生对你另一种形式的馈赠。面对突如其来的打击，要学会勇敢接受，努力将困苦化为成功的鞭策。困境往往是人生的转折点，也往往是你重生的机会。拿出你的勇气，天塌下来，还能当被盖！当我们审视自己的心灵时，能否像故事里的老父亲那样，在风雨中看到彩虹？鼓足勇气，不要再让生活泡在抱怨和悲伤的阴影中，让原本多彩的生活重新升起一道彩虹！

拒绝的勇气

不要害怕拒绝别人，如果自己的理由出于正当。

——三毛

有一天，三名海军上将谈论起什么是真正的勇气。

意大利将军说："我告诉你们什么是勇气。"说完，他就招来一名水手。

这位将军命令道："你看见那根100米高的旗杆了吗？我希望你爬到顶端，举手敬礼，然后跳下来！"

这名意大利水手马上跑到旗杆前，迅速地爬到顶上，漂亮地敬了个礼，然后滑了下来。

"呵，真出色！"日本将军称赞说，接着，他对一名日本水兵命令道："看见那根200米高的旗杆了吗？我要你爬到顶上，敬礼两次，然后再下来。"

心灵感悟

如果没有智慧的帮忙，那么，勇气一定会成为一场闹剧。当智慧和勇敢携手合作，人生才会无比精彩。而那蛮力之勇，并非真正的勇敢，真正的勇敢来自一个充满智慧的头脑。

这名日本水兵也非常出色地执行了命令。

“啊，先生们，这真是一场令人难忘的表演。”法国将军说，“但我现在要告诉你们，我们法国海军对‘勇气’的理解。”

于是，他命令一名水手：“我要你攀上那根高300米的旗杆顶端，接着敬礼三次，然后跳下来。”

“什么？你要我去干这种事？先生，你一定神经错乱了！”法国水手瞪大眼睛叫了起来。

“瞧，先生们，”法国将军得意地说，“这才是真正的勇气。”

要知道，真正勇敢的人还应该是懂得拒绝的人。

钢玻璃杯的故事

一个农民，初中只读了两年，家里就没钱继续供他上学了。他辍学回家，帮父亲耕种三亩薄田。在他19岁时，父亲去世了，家庭的重担全部压在了他的肩上。他要照顾身体不好的母亲，还有一位瘫痪在床的祖母。

八十年代，农田承包到户。他把一块水洼挖成池塘，想养鱼。但乡里的干部告诉他，水田不能养鱼，只能种庄稼，他只好又把水塘填平。这件事成了一个笑话，在别人的眼里，他是一个想发财但又非常愚蠢的人。

听说养鸡能赚钱，他向亲戚借了500元钱，养起了鸡。但是一场洪水后，鸡得了鸡瘟，几天内全部死光。500元对别人来说可能不算什么，但对一个只靠三亩薄田生活的家庭而言，不啻天文数字。他的母亲受不了这个刺激，竟然忧郁而死。

他后来还酿过酒，捕过鱼，甚至还在石矿的悬崖上帮人打过炮眼……可都没有赚到钱。

35岁的时候，他还没有娶到媳妇。即使是离异的、有孩子的女人也看不上他。因为他只有一间土屋，随时有可能在一场大雨后倒塌。娶不上老婆的男人，在农村是没有人看得起的。

但他还想搏一搏，就四处借钱买了一辆手扶拖拉机。不料，上路不到半个月，这辆拖拉机就载着他冲入一条河里。他断了一条腿，成了瘸子。而那拖拉机，被人捞起来，已经支离破碎，他只能拆开它，当作

废铁卖。

几乎所有的人都说他这辈子完了。

但是后来，他却成了我所在的这个城市里的一家公司的老板，手中有两亿元的资产。现在，许多人都知道他苦难的过去和富有传奇色彩的创业经历。许多媒体采访过他，许多报告文学描述过他。但我只记得这样一个情节……

记者问他："在苦难的日子里，你凭什么一次又一次毫不退缩？"

他坐在宽大豪华的老板台后面，喝完了手里的一杯水。然后，他把玻璃杯子握在手里，反问记者："如果我松手，这只杯子会怎样？"

记者说："摔在地上，碎了。"

"那我们试试看。"他说。

他手一松，杯子掉到地上发出清脆的声音，但并没有破碎，而是完好无损。他说："即使有 10 个人在场，他们都会认为这只杯子必碎无疑。但是，这只杯子不是普通的玻璃杯，而是用玻璃钢制作的。"

这样的人，即使只有一口气，他也会努力去拉住成功的手，除非上苍剥夺了他的生命。

生气

在古老的西藏，有一个叫爱地巴的人，每次生气和人起争执的时候，他就以很快的速度跑回家去，绕着自己的房子和土地跑3圈，然后坐在田地边喘气。爱地巴工作起来非常勤劳努力，他的房子越来越大，土地也越来越广，但不管房地有多大，只要与人争论生气，他还

也许是辽阔的环境造就了爱地巴辽阔的性情。同时，也希望每个人都可以像爱地巴一样拥有一颗辽阔的心。

是会绕着房子和土地绕3圈。那么，爱地巴为何每次生气都绕着房子和土地跑3圈呢？

所有认识他的人，心里都起疑惑，但是不管怎么问他，爱地巴都不愿意说明。直到有一天，爱地巴很老了，他的房地又已经太过于广大了。有一次他生气，拄着拐杖艰难地绕着土地跟房子转，等他好不容易走完三圈，太阳都下山了。爱地巴独自坐在田边喘气，他的孙子在身边恳求他："阿公，您年纪已经很大了，这附近地区的人也没有谁的土地比您的更大，您不能再像从前，一生气就绕着土地跑了啊！您可不可以告诉我这个秘密，为什么您一生气就要绕着土地跑上三圈呢？"

爱地巴禁不起孙子的恳求，终于说出隐藏在心中多年的秘密。

他说："年轻时，我一和人吵架、争论、生气，就绕着房地跑三圈，边跑边想，我的房子这么小，土地这么小，我哪有时间，哪有资格去跟人家生气呢，一想到这里，我的气就消了，于是就把所有时间用来努力工作。"

孙子问道："阿公，您年纪老了，又变成最富有的人了，为什么还要绕着房地跑？"

爱地巴笑着说："我现在还是会生气，生气时绕着房地走三圈，边走边想，我的房子这么大，土地这么多，我又何必跟人计较？一想到这，气就消了。"

生气其实是对自己的惩罚，拿着别人的错误来惩罚自己，是最不明智的行为了。

挑水的和尚

有两个和尚住在隔壁。所谓隔壁，是指隔壁那座山。也就是说，他们分别住在相邻的两座山上的庙里。

这两座山之间有一条溪流。于是，这两个和尚每天都会在同一时间下山去溪边挑水。久而久之，他们便成为了好朋友。

就这样，时间在每天挑水中，不知不觉已经过了五年。

突然有一天，左边这座山的和尚没有下山挑水。右边那座山的和尚心想："他大概睡过头了。"便不以为意。

哪知第二天，左边这座山的和尚还是没有下山挑水。

第三天也一样。

过了一个星期，还是一样。直到过了一个月，右边那座山的和尚，终于受不了。他心想："我的朋友可能生病了，我要过去拜访他，看看能帮上什么忙。"

于是他便爬上了左边这座山，去探望他的老朋友。等他到达左边这座山上的寺庙时，大吃一惊，因为他看见他的老朋友正在寺庙前打拳，一点也不像一个月没喝水的人。

他好奇地问："你已经一个月没有下山挑水了，难道你可以不用喝水吗？"

左边这座山的和尚说："来来来，我带你去看。"

于是，他带着右边那座山的和尚走到庙的后院，指着一口井说："这五年来，我每天做完功课后，都会抽空挖这口井。即使有时很忙，也坚

持能挖多少就算多少。如今，终于让我挖出井水，我就不必再下山挑水，我可以有更多时间，练我喜欢的拳。”

我们在工作领域上，即使薪水、股票拿的再多，那也是挑水；而却忘记把握下班后的时间，挖一口属于自己的井，培养自己另一方面的实力；未来当您年纪大了，体力拼不过年轻人了，您还是有水喝，而且还喝得很悠闲喔！

心灵感悟

在工作领域，经理人即使薪水、股票拿得再多，那也只是挑水，可别忘记把握下班后的时间不断充实自己，挖一口属于自己的井，培养自己某一方面的实力。所谓白天求生存，晚上求发展，昨天的努力就是今天的收获，今天的努力就是未来的希望，多年前不分伯仲的同窗好友，如今的境遇不可能相同。岁月不饶人，当年龄大了，挑不动水时，你还会有水喝吗？别忘了现在就行动！

皮 鞋

很久很久以前，人类都还赤着双脚走路。

有一位国王到某个偏远的乡间旅行，因为路面崎岖不平，有很多碎石头，刺得他的脚又痛又麻。回到王宫后，他下了一道命令，要将国内所有的道路都铺上一层牛皮。他认为这样做，不只是为自己，还可造福他的人民，让大家走路时不再受刺痛之苦。

但即使杀尽国内所有的牛，也筹措不到足够的皮革，而所花费的金钱、动用的人力，更不知几何。虽然根本做不到，甚至还相当愚蠢，但因为是国王的命令，大家也只能摇头叹息。

一位聪明的仆人大胆向国王提出谏言："国王啊！为什么您要劳师动众，牺牲那么多头牛，花费那么多金钱呢？您何不只用两小片牛皮包住您的脚呢？"国王听了很惊讶，但也当下领悟，于是立刻收回成命，采用这个建议。据说，这就是"皮鞋"的由来。

心灵感悟

想改变世界，很难；要改变自己，则较为容易。与其改变全世界，不如先改变自己——"将自己的双脚包起来"。改变自己的某些观念和作法，以抵御外来的侵袭。当自己改变后，眼中的世界自然也就跟着改变了。如果你希望看到世界改变，那么第一个必须改变的就是自己。

最大的财富

有一个年轻人，整天抱怨自己太穷，什么财富都没有。

这一天，一位老石匠从他家门口路过，听到了他的抱怨，就对他说：“你抱怨什么呀？其实，你有最大的财富！”

年轻人惊讶地问：“哦，那您告诉我，我有什么财富？”

老石匠慢条斯理地说：“你有一双眼睛吧，只要你献出一只，就可以得到任何你想要的东西。”

这个年轻人说什么也不愿意献出自己的一只眼睛。

老石匠又说道：“你不舍得眼睛的话，那就让我砍掉你的一双手吧，这样你也可以得到许多黄金！”

这个年轻人更是不能同意了。

这时，老石匠说：“现在你明白了吧？一个人最大的财富是他的健康和精力，这是用多少钱都买不到的。”

心灵感悟

健康的体魄和旺盛的精力，才是人的最大财富。而金钱和财物都是身外之物，只要你拥有健康和精力，那些迟早都是你的囊中之物。

大鱼的故事

一个水手的儿子在很小的时候，第一次随大人上船去玩。

他开心地伏在甲板上看海，忽然发现在船后有一条很大的鱼。他指给别人看那一条大鱼，但奇怪的是没有人看见那条鱼。

大家想起一个古老的传说，说海里有一种形状像鱼的怪物，一般资质的人是看不见的，如果一个人能看见它，这个人将因它而死。

从此这个人再也不敢到海上，也不敢再去乘船了。

《海滩》 梵高

没有一帆风顺的人生，偶尔也需要一些冒险的精神，也许会开拓出一片不一样的天地。

但他常常到海边，每次他走到海边的时候，都能看见这条鱼在海里出现。有时他走在桥上，就看见这条鱼游向桥下。他渐渐习惯了看见这条鱼，但是他从来不敢亲近这条鱼。就这样他度过了一生。

在他年老后，面临死亡的时候，他终于忍不住了，决定要找到那条鱼，看看到底会发生什么。于是他坐上一条小船，划向海里的大鱼。

他问大鱼："你一直跟着我，到底想干什么？是想杀我吗？"大鱼回答："我想送给你一份珍宝。"他看到了大量的珍宝，说："晚了，我已经要死了。这些财宝在年轻时可以让我做很多想做的事情。"

第二天，人们发现他死在了他的小船上。

心灵感悟

在我们的神秘的潜意识里，应该有危险的成分，有时也不是全部。如果那个看到鱼的人能够较早地鼓足勇气，勇敢地冒险接近它，他也许已经是一位受人尊敬的百万富翁了，但他却错过了这种机遇。一个不敢冒任何风险的人，只有什么都不做。到头来，什么都没有，什么都不是。所以我们一定要学会冒险，因为生活中最大的危险就是不愿意冒任何风险。

你的人生你做决定

只因斯坦尼斯洛是个犹太人，纳粹便不由分说地闯入他的家，将他一家人逮捕并像牲畜般地赶上火车，一路开到了令人不寒而栗的奥斯维辛死亡集中营。他从未想到竟然会有一天目睹家人的死亡，他的孩子只不过去冲了个“淋浴”便失去了踪影，而衣服却穿在别的小孩身上，他怎么受得了这种锥心之痛呢？然而他还是咬着牙熬过了。他知道有一天也得面对那躲也躲不掉的相同噩梦，只要在这座集中营多呆一天，就难有活命的可能。因此他作了个“决定”，就是一定得逃走，并且越快越好。虽然此刻还不知怎么逃，但是他知道不逃是不行的。接下来的几个星期，他急切地向其他的人问道：“有什么方法可以让我们逃出这个可怕的地方？”可是得到的总是千篇一律的答案：“别傻了，你这不是白费力气吗，哪有可能逃出这个地方。还是乖乖地干活，求老天多多保佑才是！”这些话并没使他泄气，他可不是听天由命的那种人，别人越那么说就越激发他求生的意志。他依然时时刻刻心里想着：“我得怎么逃呢？总会有办法的吧？今天我得怎么做，才能平平安安逃出这个鬼地方呢？”虽然有时所想出来的逃生之道十分荒唐，可是他始终都不气馁，仍然锲而不舍地动脑筋。

安东尼·罗宾认为只要我们求得恳切，我们就必然会得到。也不知道是什么原因，很可能是斯坦尼斯洛长久以来“热切”探索逃亡这个问题，因而激发出内心潜藏的伟大力量，终于有一天他得到了答案。这个逃生之道简直是没有人能够想得出来的，就是借助于腐尸的臭味。

这个方法是有可能的，因为在他做工数步之远便是一堆要抬上车的死尸，里面有男有女、有大人也有小孩，都是在毒气室被毒死的。他们嘴里的金牙被拔掉了、身上的值钱珠宝被拿走了、连穿的衣服也被剥光了，这一切看在其他人的眼里可能会发出纳粹残酷、天地不仁之叹，然而对斯坦尼斯洛来说却引出一个问题："我如何利用这个机会脱逃呢？"很快他便得到了答案。

当那天要收工而众人正忙着收拾工具时，斯坦尼斯洛趁着没有人留意，便迅速躲在卡车下，而且还脱下所有的衣服，以迅雷不及掩耳的速度，赤条条地趴在了那堆死尸之上，装得就跟死人一模一样。他屏住呼吸一动也不动，哪怕还有其他的死尸后来又堆在他的身上。在他的四周已堆了不少死尸，其中有些已散发出臭味和流出血水，这都未使斯坦尼斯洛移动分毫，唯恐被别人发现他的诈死，他只是静静地等待被搬上车，然后开走。终于他听到卡车引擎发动的声音，随之便一颠一颠地上了路，虽然四周的气味十分难闻，不过在他的心里已然升起一丝活命的

心灵感悟

在奥斯维辛集中营里丧命的人不计其数，可是斯坦尼斯洛却能活了下来，这其中的原因何在？斯坦尼斯洛能够活命，可以说是他求生的决定和行动所致，否则怎能有这样的结果？我们之所以地位低微，错不在于我们的宿命，而出自于我们的内心。的确，我们内心所作的决定会影响我们的行动、方向乃至于最终的命运，这一连串的影响可说是我们"思考"——脑子对人生所作的"认定和创造意义"的过程下的产物，所以如果我们想开创人生，就得作出决定。

希望。不久卡车便停在一个大坑前面，卸下一件件令人不忍目睹的“货物”，那是数十具死尸以及一个装死的活人。在坑里，斯坦尼斯洛仍然静止不动，等着时间一分一秒地过去，直到暮色降临四周已无人，他才悄悄地攀上坑口，不顾身无寸缕，一口气狂奔了七十公里，最后终于得以活命。

第四章
让真情在友谊中四处流溢

生死相托的真正朋友

在伟大的阿拉伯传说中，有两个好朋友在沙漠中旅行，沙风遮天蔽日，如何穿越这长长大漠，在荒蛮的路上有谁还有沉静的心？

出发了很久很久，两人越来越烦躁，在旅途中不知为何，他们吵架了，其中一个还给了另外一个一记耳光。

被打的人难以忍受这样的屈辱，眼睛死死盯着对方，一言不语，眼睛里的毒辣似火光冲天，用手指狠狠地在沙子上写下：“今天我的好朋友打了我一巴掌。”如同写血字战书。

在这之后，他们继续往前走。直到走到了令人恐惧的沼泽地。

沼泽是生物的禁区，那里面不仅充满了可怕的有毒生物，而且看似平坦的道路有可能是生命的陷阱。被打巴掌的人默默走在前面，丝毫不做声，后面的人心里也因愧疚不敢直抒胸臆，就这样走入了沼泽深处。

被打的人在前面，忽然脚下一滑，陷入泥坑里。这稀泥把他的身体全部黏住，挣脱不开，甚至有越动越深的迹象。后面的人跟上来，非常着急，拼死拉住他。

被打巴掌的那位差点淹死，可谓是九死一生，幸好被朋友救起来了。被救起的他很快拿出一把小剑，在石头上刻上：“今天，真幸运，我的好朋友救了我一命。”

朋友问：“为什么我打了你以后，你要写在沙子上，而现在要刻在石头上呢？”

另一个人笑着回答："当被一个朋友伤害时，要写在容易遗忘的地方，风会在那个不经意的瞬间抹去它；相反，如果被朋友帮助，我们要把它刻在心灵的深处，那里任何风都不能抹灭它。"

朋友的相处伤害往往是无心的，帮助却必须是真心的，忘记那些无心的伤害；铭记那些对你真心的帮助，

你会很快发现这世上你有很多真心的朋友，他们永远是我们的财富。

心灵感悟

俗语说：你只需要花一分钟注意到一个人；一小时内变成朋友；一天让你爱上他；一旦真心爱上，将用一生的时间将他遗忘，直至喝下孟婆汤。

朋友呀！当你看到这里，你感受到什么？在日常生活中，就算是最要好的朋友也会有磨擦，我们也许会因这些磨擦而分开。但每当夜深人静时，我们望向星空，总会看到过去的美好回忆。不知为何，一些琐碎的回忆，却为我寂寞的心灵带来无限的震撼！就是这感觉，令我更明白你对我的重要！在此，我希望你能更珍惜你的朋友。

有朋友，更利于生存

在一片森林中住着一群英勇善战的狼。它们拥有着自己的文化、生存技巧的规则。头狼老了，不能再出去捕猎了。有一天，它让两只年轻的狼独自去捕食猎物。没想到这两只年轻的狼当天就满载而归。头狼问它们是怎么捕获这么大的猎物的。

“我们在那些猎人回家的路上袭击了他们。”两只年轻的狼得意

心灵感悟

中国有“三个臭皮匠，顶一个诸葛亮”的智慧语句。这正是协作的重要性。一个看似庞大的团队，如果让他们每人在地上挖个坑，他们一天之内最多只能挖几米深；如果让他们接二连三地挖一个坑，那么他们就能挖出水来。

泰戈尔曾说过：“在哪里找到朋友，我就在哪里重生。”亲戚是上帝赐予我们的，朋友是我们自己挑选的。没事时多交些朋友，熟话说“在家靠父母，出门靠朋友”，朋友是我们每个人一生不可缺少的，人与人之间的交往是最完美的深交，朋友会在你最需要时伸出援助之手，朋友会在你生气时当你的出气桶，朋友可以为你付出一切。

地回答。

“他们一共多少人？”头狼问。

“10 个。”两只年轻的狼很是骄傲。

几天后，这个狼群中几只年轻的狼再次结队出去捕猎了。头狼一直焦急地等待着它们回来，但它们一直不见踪影。第四天，一只遍体鳞伤、奄奄一息的狼终于艰难地爬了回来。

“出什么事了？”头狼问。

“我们袭击了猎人。其他所有的狼都被打死了……”

“他们一共几个人？”头狼又问。

“3 个……”这只受伤的狼有气无力地回答。

“上次是 10 个人，你们不是也得手了吗？”

“可这 3 人是朋友……”

朋友不分高低贵贱

西班牙著名画家毕加索是一位真正的天才画家，他的绘画风格是无人模仿的。毕加索在画坛上所做的贡献是无可替代的。

据统计，他一生共画了3.7万多幅画，这样如此众多的绘画是毕加索成为伟大绘画巨匠的原因之一。毕加索是当代西方最有创造性和影响力的艺术家，他和他的画在世界艺术史上占据了不朽的地位。我们对他崇敬、膜拜，不仅仅在于色彩，而是在于生命，对生命的最高赞礼。

对于自己的作品，毕加索说：“我的每一幅画中都装有我的血，这就是我画的含义。”他的作品非常成功。全世界前10名最高拍卖价的画作里面，毕加索的作品就占了4幅，可谓是位居高价绘画榜首。在世时，毕加索的画就卖出了很高的价钱，他的身边总是有许多人，渴望从他那里得到一两张画，哪怕是得到他信手涂鸦的一张画，也能卖个天价，够自己一辈子吃喝。这不仅是对毕加索绘画艺术价值的体现，也表现出毕加索这位令人尊敬的艺术家是多么令人喜爱啊！

一次，他在一张邮票上顺手画了几笔，然后丢进了废纸篓里。这张邮票后来被一个拾荒的老妇捡到，她将这张邮票卖掉后，买了一幢别墅，从此过上了幸福的生活。从中不难看出，毕加索的画，每一点色彩，每一处分寸泼洒的都是金子啊！生命的价值正在于此，生命的重量正在于此。

但，众所周知，晚年的毕加索，生活却是非常孤独的。尽管他的身边不乏亲朋好友，但是，他很清楚，那些人都是冲着他的画来的。表

面上，这些人对毕加索毕恭毕敬，无所不从。可实际上那些所谓的仰慕者和亲人为了那些画，总是在门外争吵不断，甚至大打出手。毕加索晚年感到非常的苦恼，他想找一个能够真正理解自己的人，能够读懂自己作品，但更能读懂自己生命的人说说话，聊聊天。这个人必须是纯净的，不利欲熏心的。毕加索明白，这些所谓的亲人、朋友看着自己就是在看一座宝藏，这些人模狗样的人啊，都在打自己的主意。

尽管他很有钱，但是，钱买不来亲情和友情。

考虑到自己已年逾 90 岁，随时都有可能离开人世，为了保护自己画作的完整性，毕加索请来了一个安装工，给自己的门窗安装防盗网。就这样，安装工盖内克出现在毕加索最后的生活里。

盖内克每天休息的时候，都会陪毕加索聊聊天。盖内克憨厚、坦率，他没有多少文化，看不懂毕加索的画，那些画在盖内克眼里，简直是一

心灵感悟

毕加索，这伟大的人物，为何会感到孤独？他有钱、有势、有才华，拥有了所有的人都渴望得到的。但面对生活，他却一直等不到真正碰撞他灵魂深处的人。直到晚年的工匠出现。这也许就是一位老人唯一的要求。能在一个风和日丽的好天气中，散散步，看看花儿，鸟儿。什么功名利禄，对于一个人生如此辉煌的人来说都已经不能引起感情上的波动。

你对这样一个人说“尊敬的毕加索先生，我仰慕您的才华，希望重金收藏您的一副涂鸦作品，我会如获至宝，并且帮您保存起来，让后世敬仰”，还不如说“哎呀，天气这么好，你的胡子上怎么能有色彩呢？”

文不值，他能看懂的只有自己手中的起子、扳手。但他很愿意陪毕加索聊天，他认为老人很慈祥，很温厚，就像自己的祖父。

毕加索阅人无数，那些知识渊博、才高八斗的文豪，数不胜数。但是他们的学问和见识都不能引起他的兴趣，他简直找不到和人沟通的正常途径。

没想到，没有多少文化的盖内克，在毕加索眼里，却是另外一种智慧的化身。这种智慧不是用读书多少来衡量的，他常常将眼睛瞪得大大看着盖内克，仿佛看到了一种豁然开朗的美好。

生命需要赞美

马克思与恩格斯这两位革命巨人之间的友谊，是世界上任何友谊都没法比的。他们的友谊不仅体现在生活上相互扶持，更是体现在革命理想上。马克思对恩格斯的才能十分敬佩，说自己总是踏着恩格斯的脚印走。而恩格斯总是认为马克思的才能总有一天要超过自己，在他们的

正因为马克思和恩格斯之间的友谊是难能可贵的，所以这种友谊才被人传为美谈。

共同事业中，马克思是第一提琴手，而自己是第二提琴手。《资本论》这部经典著作的写作及出版，就是他们伟大友谊的结晶。《资本论》，这本足以影响千秋万代的书稿，足以证明，伟大的生命真是相互渗透。

1848年大革命失败后，恩格斯不得不回到曼彻斯特营业所，从事商务活动。这使恩格斯十分懊恼，他曾不止一次地把它称作是“该死的生意经”。

恩格斯不止一次地下定决心：永远摆脱这些事，去干他喜爱的政治活动和科学研究。然而，当恩格斯想到：被迫流亡英国伦敦的马克思一家常常以面包和土豆充饥，过着十分贫困的生活时，他就抛开弃商念头，坚定了信心，咬紧牙关，坚持下去，并取得了成功。这样做，为的是能在物质上帮助马克思，从而使朋友，也使共产主义运动最优秀的思想家得到保存，使《资本论》早日写成并得以出版。

于是，恩格斯把钱分开，每个月，有时甚至是每个星期，都有一张张一英镑、二英镑、五英镑或十英镑的汇票从曼彻斯特寄往伦敦。就这样，马克思受到这样的帮助，精神和生活上得到了非常有力的支持。

1864年，恩格斯成为曼彻斯特欧门—恩格斯公司的合伙人，开始对马克思大力援助。这个合伙人也认识到了马克思著作的重要性，与其在这纷乱的年代混生活，不如正经地帮助马克思干一次大事。几年后，他把公司合伙股权卖出以后，每年赠给马克思350英镑。这些钱加起来，大大超过恩格斯的家庭开支。

从马克思来说，这也正是为了兴起的科学社会主义进行有效的指导，为了揭露资本主义的根本缺陷，才接受了恩格斯这种帮助。

马克思和恩格斯是亲密无间的朋友，他们所有各自拥有的一切，无论是金钱或是学问，都是不分彼此的。这对现在很多人来说都做不到，

虽然他们分开了20年，但他们在思想上的共同生活并没有终止。他们每天要通信，谈论政治和科学问题。有一段时间，马克思把阅读恩格斯的来信看作是最愉快的事情。他常常拿着这位老朋友的信自言自语，

好像正在和恩格斯交谈似的。

“嗯，不对，反正情况不是这样……”

“在这一点上你对了！”

马克思说着说着，竟高兴得流出了眼泪。

马克思和恩格斯是那样地相互尊重，在他们看来，任何人对他们的思想和著作的批评都是微不足道的。他们认为，越是有争议的问题，越是值得看清。他们彼此交换的意见在他们各自的眼里是那样意义重大。于是，一有机会，恩格斯便摆脱商务，跑回伦敦。他俩天天见面，不是在这个家里，就是在那个家里。讨论问题时，他们在屋子里，各自沿着一条对角走来走去，一连谈上几个钟头。有时两人会排成一前一后，半晌不吭一声地踱步，直到取得一致的意见为止。于是，两人就放声大笑起来。

他们总是在相互鼓励、相互称赞对方的意见和想法。就这样，《资本论》这部伟大的作品就在相互鼓励、相互礼赞中诞生，流芳百世。

心灵感悟

也许我们会闹意见，也许在路口就这么分歧了，也许我的能力再也不能帮助到你。那么相互礼赞，相互赞美，那么我们就仅仅为这一个人的赞美去努力吧。我们不能辜负赞美你的人，就像在困苦的时候不能不亲吻给你一碗粥喝的人。赞美是春天的露水，是灿烂花草绚烂绽放。

梦里也要在一起的好朋友

小公鸡、小老鼠和小猪是三个好朋友。

每天早上，小公鸡都要“喔喔喔”地叫动物们起床。小老鼠和小猪也都会去帮忙喊：“起床喽！起床喽！”好朋友嘛，总是要互相帮助的。他们在同一片森林里，呼吸着清新的空气，日子过得非常快乐。

有一天，三个好朋友到池塘边去玩，小公鸡看到一条小船，那是一条很旧的船，小公鸡站在船上，张开翅膀，好像一张船帆。一阵风吹来，小船很快地往池塘中间开去。这时他们发现小船破了一个洞，小猪说：“都别紧张，让我来修补船舱。”

水不停地从洞口溜进来，小猪一屁股坐下来，堵住了破洞。小老鼠用力划船，好朋友共同努力，依然不顾船会不会倾覆，相互嘻嘻笑着，真是快活极了。

玩累了，肚子也饿了。三个好朋友把船开到了岸边。他们去采果子。采完果子，三个朋友分着吃，分给小老鼠一粒，分给小公鸡一粒，分给小猪两粒。好朋友总是把东西分着吃的。

天黑了，三个好朋友回家去，小老鼠刚躺到自己的枕头上就香香地睡着了。小猪躺到自己的床上，很快打起了呼噜。小公鸡呢，在自己家也甜甜地睡着了。三个好朋友都做起了梦。在梦里，他们都梦见了自己的好朋友。

心灵感悟

是啊，好朋友在梦里也是要在一起的。相互分享、相互礼让、相互照顾、相互帮助，这才是作为朋友最基本的东西。

嫉妒是友谊的大敌

数年前，上海市虹桥区法院审理了这样一个案件，上海某大学的一位女研究生杨某将同宿舍的一个同学李某告上法庭。原告杨某与被告李某是老乡，也是好姐妹，她们的成绩和学历都不相上下，彼此都暗中较劲，一争高下。研究生学习即将毕业的那一年，两个人都参加了出国留学的托福和GRE考试。

原告杨某学习比较踏实，成绩考得很理想，就向英国一所著名大学提出入学申请，过了几个月，杨某被告知入学申请已经通过，而且每年可获得一笔数目较多的奖学金。杨某收到邮件十分高兴，兴奋地到处宣扬自己要出国留学了。李某的考试考砸了，心里很难受，再加上看到杨某整天兴高采烈的模样，丝毫没有顾及她的感受，心里更加郁郁寡欢。一天，她越想越生气，就生出了一条毒计。

几个月后，杨某左等右盼，也没有等来英国那所大学的录取通知书。本来以为信息给错了，发现不是自己的原因，就拜托在英国留学的同学去学校打听。经过多方询问，才知道校方说曾经收到杨某发来的一份电子邮件，邮件中直接表达了她拒绝来该校的意愿。因此校方没有给杨某寄发本该属于她的录取通知书。

杨某听到这个消息，如五雷轰顶，瘫坐在地上，冥思苦想这到底是怎么回事。后来，她多方调查，才发现是李某以她的名义，给学校发了一封拒绝入学的邮件。杨某悲愤万分，怀着怨恨的心情，将李某告上法庭。

事情的结局我们可想而知，那么是什么害了原本是好朋友好姐妹的两个人呢，是嫉妒。嫉妒让李某迷失了自我，丧失了她们之间纯洁的友谊和美好的青春。

心灵感悟

心灵感怀：嫉妒之心也是常有之事，对别人产生了嫉妒之心并不可怕，关键要看我们能不能正确地面对嫉妒。我们必须唤醒内心深处的积极嫉妒心理，勇敢地向对手挑战竞争。

当我们发现自己正在暗中嫉妒一个各方面比自己优秀的人时，不妨反问几个为什么和这样做会得到什么？在我们得出明确的结论之后，肯定会受益颇多的。如果从疑问和反问之中超越嫉妒心理，那么必然会产生自爱、自强、自奋、竞争等行为和意识。消除嫉妒的最好方法就是，借嫉妒所产生的强烈意识去奋发努力，将这种嫉妒之情升华，把嫉妒转化为成功的源泉和动力，从而变消极为积极，战胜和超越别人！

两只蚂蚁的故事

很久以前，有这么一个故事，来自一篇作文试题。

一只蚂蚁从东头来，另外一只蚂蚁来自西头，他们历尽了千辛万苦，翻过万水千山，最终在撒哈拉沙漠中的一片绿洲相遇。他们歪歪脑袋，用各自的触角碰碰对方的触角，交换信号，然后埋下头，各自奔自己的前程。

有的人对此事提出了疑问。他们历经了那么多艰险，那么多磨难，为何不相互拥抱一下，或者携手一同走完生命的旅途呢？为什么不更珍爱对方呢？把对方留在自己身边呢？

所谓的离别，才是两只蚂蚁的故事的真正开始。

当两只蚂蚁各奔前程之后，渐行渐远之时，他们的心中会有一丝触动，就好像随身携带的机关一样。这种触动不知道何时会出现，但最后还是会开启。他们会思念着对方，然后回头望望，然后继续走路，然后又想起对方，又回头张望，再继续往前走。他们没有忘记对方，在触角交碰的一刹那，他们记住了对方的气味。随着时间的推移，他们回望的次数就会越来越多，他们盼望见到对方的心情就更为强烈。最后，他们其中的一个会去寻找另一个的下落，哪怕气味是如此的淡薄，哪怕路程如此的遥远，只要他想起那交会的一瞬间，他就会想继续尝试。

心灵感悟

在我们遇到的人中，也许有我们值得相互厮守一生的，但由于迟疑，彼此错过了。不要悔恨，不必回头，生命很漫长，用真心去寻找。